712

글쓰기 더 좋은 질문 712

지은이 샌프란시스코 작가집단 GROTTO
옮긴이 라이언
펴낸이 임상진
펴낸곳 (주)넥서스

초판 1쇄 발행 2015년 4월 20일
초판 7쇄 발행 2020년 2월 28일

2판 1쇄 발행 2022년 8월 22일
2판 2쇄 발행 2022년 8월 26일

출판신고 1992년 4월 3일 제311-2002-2호
10880 경기도 파주시 지목로 5
Tel (02)330-5500 Fax (02)330-5555

ISBN 979-11-6683-321-2 04800

가격은 뒤표지에 있습니다.
잘못 만들어진 책은 구입처에서 바꾸어 드립니다.

www.nexusbook.com

글쓰기 더 좋은 질문 712

샌프란시스코 작가집단 GROTTO 집필
포 브론슨 기획 | 라이언 옮김

Qrious

위대한 작가들조차
글쓰기의 어려움에 대해 말했습니다.

"글쓰기는 아무것도 아니다.
당신이 할 것은
타자기 앞에 앉아서
피를 흘리는 것이다."
_어니스트 헤밍웨이

"글쓰기는 세상에서
가장 외로운 노동이다."
_존 스타인벡

글쓰기, 어떻게 해야 할까요?

"만약 글을
쓰고 싶다면
많이 읽고, 많이 써라."
_스티븐 킹

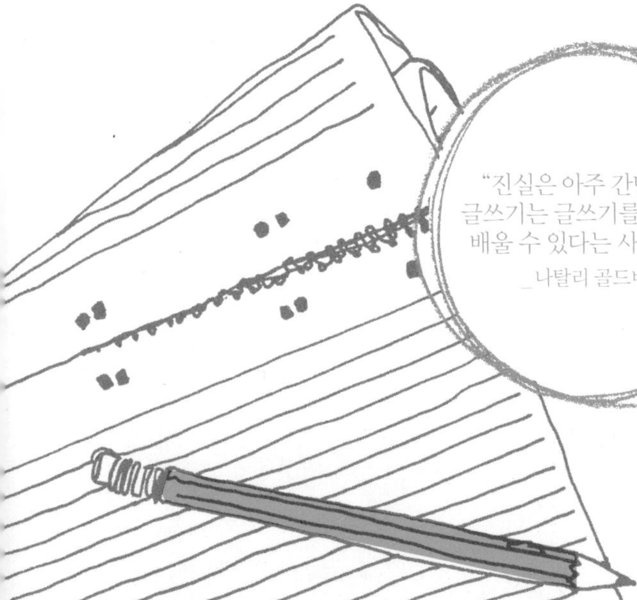

"진실은 아주 간단하다.
글쓰기는 글쓰기를 통해서만
배울 수 있다는 사실이다."
_나탈리 골드버그

무조건 써라. 많이 써라. 일단 써라.
그런데, 어떻게 쓰죠?

"영감이 찾아오기를
기다려서는 안 된다.
몽둥이를 들고
그걸 쫓아가야 한다."
_ 잭 런던

당신 안에 숨어 있던 이야기를 꺼내는 질문,
당신 안에 멈춰 있던 창조성을 깨우는 질문,

여기 712개의 질문은 창조의 도시
샌프란시스코의 예술가들이
당신께 전하는 영감의 메시지입니다.

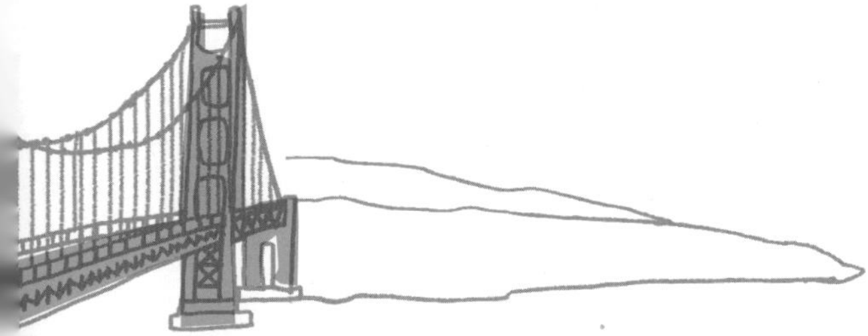

매일 글을 써라.
강렬하게 독서해라.
그러고 나서 무슨 일이 일어나는지
한번 보자.

_레이 브래드버리

이 책을 사용하는 방법

1 이 책은 소설가, 영화감독, 작가, 저널리스트, 시인, 비평가 등 다양한 분야의 예술가 56명이 공동 집필한 '글감' 712개를 묶은 책입니다.

2 따라서 이 책을 보는 데는 순서가 없습니다. 처음부터 하나씩 읽어내려가도 되고, 아무 페이지나 펼쳐보며 눈에 들어온 질문 하나를 그날의 화두로 삼아도 됩니다. 책을 보는 방법은 자유입니다.

3 답을 하는 방법도 자유입니다. 질문 하나를 글의 제목으로 삼아 긴 이야기를 쓸 수도 있고, 그저 짧은 단어 하나로 답할 수도 있습니다. 그림을 그리거나 자기만의 암호를 써넣어도 좋습니다.

4 이 책의 하단 부분은 당신을 위한 자리입니다. 당신만의 글을 채우는 창작 일지로, 언제나 들고 다니는 아이디어 노트로, 연습장으로, 낙서장으로 자유롭게 사용하십시오.

5 글은 꾸준히 쓰고, 발표하고, 공유할수록 좋아집니다. 블로그나 SNS에 연재한다 생각하고 질문에 하나씩 답해보세요. 블로그, 인스타그램 등의 SNS에서 검색하면 '글쓰기 좋은 질문'에 답하고 있는 '글친구'들을 만날 수 있습니다.

6 창작자를 꿈꾸는 분, 뭘 써야 할지 글감이 떠오르지 않는 분, 창조적인 일을 해왔지만 내 안의 샘이 마른 것처럼 느껴지는 분들에게 또 다른 문을 열어줄 것입니다.

당신은 한 대학에서 일반인을 대상으로 하는 창작 글쓰기 과정에 등록했습니다. 이 과정은 성적을 매기지 않습니다. 단지 글쓰기를 가르칠 뿐이죠. 오늘이 수업 첫날입니다. 당신은 두 번째 줄에 앉아 있습니다. 교실에 있는 사람 중 아는 사람은 없습니다.

선생님이 교실에 있는 사람들에게 5분 동안 글을 써보라고 합니다. 5분 뒤에는 자신이 쓴 글을 모두에게 읽어줘야 합니다. 글쓰기 주제는 "예전에는 자주 했지만, 지금은 하지 않는 것"입니다.

자, 시작해보세요.

당신이 예전에 자주 했던 것들이 머릿속에 떠오릅니다. 하지만 펜을 들자마자 더 좋은 아이디어가 나올 것 같은 생각이 듭니다. 그러다 두 번째 아이디어가 갑자기 솟아납니다. 처음 생각한 것보다 더 좋은 듯합니다. 하지만… 오늘 처음 만난 사람들에게 말하기에는 적절한 주제 같지 않네요. 이제 당신의 머리가 워밍업을 끝냈습니다. 많은 생각이 팍팍 떠오르기 시작하면서 이 아이디어가 다른 것보다 더 좋은 것인지 즉각적으로 저울질하고 있습니다. 그러다가 다시 아까의 흥미 있기는 하지만 부끄러울 수도 있는 두 번째 아이디어로 마음이 움직입니다. 그런데 정말 다른 사람에게 읽어줄 글을 그 아이디어로 쓸 건가요?

1분이 지났습니다. 이제 글을 완성할 시간은 4분 남았습니다. 창의력은 참신하면서도 유용한 무언가를 만들어내는 작업입니다. 창의력에는 유니크함이 있어야 하고, 주어진 상황에 적절하게 대처하는 것도 필요합니다. 완전히 미친 생각이 창의력이 될 수는 없습니다. 완전히 미치지는 않았지만, 그래도 약간의 크레이지함이 필요한 것이 바로 창의력이죠. 당신이 아이디어를 생각하고 그것이 적절한지 아닌지를 파악할 때에는 여러 가지 공통된, 그러면서도 다른 생각들을 적절히 섞어보는 것이 필요합니다.

이제 당신은 펜을 들고 글을 쓰면서 모든 문장에 이렇게 생각을 섞는 과정을 반복합니다. 문장을 이렇게도 시작했다가 또 저렇게도 해봅니다. 어떤 게 더 좋은 거지? 마음속으로는 "그냥 써!"라고 외칩니다. 하지만 어떤 문장도 이 과정을 쉽게 지나칠 수 없습니다. 당신이 종이에 쓰는 단어들을 다시 읽어보거나 수정할 새도 없이 머릿속은 색다른 것을 찾으며 바쁘게 돌아갑니다. 그러면서 또 새로운 아이디어가 떠오르자 이런 생각들은 과감하게 버립니다. 이것이 바로 글쓰기입니다.

이 책에는 글쓰기 좋은 질문 712개가 담겨 있습니다. 첫 책『글쓰기 좋은 질문 642』가 발간된 후 저희 작가들은 독자들이 실제로 5~10분 내로 완성할 수 있는 글쓰기 주제가 필요하다는 것을 알게 되었습니다. 이런 의미로 질문들을 좀 더 유용하게 만들려고 했습니다. 그러면서도 여러분의 머리가 춤추고 여러 생각들을 섞을 수 있도록 재미있는 요소도 넣었습니다. 그럼 재미있는 시간이 되길 바랍니다.

포 브론슨 & 샌프란시스코 작가 집단 GROTTO

1 처음 만나는 사람에게 나의 인상착의를 설명하는 문자메시지를 보내라.

2 나의 펜pen에 생명을 불어넣었다. 펜이 처음 한 말은…

3 올림픽에서 한 종목을 선택해 빼라. 그리고 새로운 종목을 추가하라.

4 일주일 동안 당신의 인생을 다른 사람과 바꿀 수 있다면 누구와 바꾸고 싶은가? 왜 그 사람인가?

5 어렸을 때 그 끔찍한 기억을 생각하면 어떤 음식이 떠오르는가? 왜 그런가?

6 주변에 있는 물건의 부고訃告를 간단하게 작성해보라.

7 라이트 형제가 첫 비행에 성공했을 때
페이스북이 있었다면 뭐라고 적었을까?

8 사랑이 식었다는 것을 당신은 어떻게 알았는가?

9 질병 하나를 만들어라.
그러고 나서 그 질병의 치료약 광고를 써보라.

10 가장 좋아하는 냄새 5가지를 써보라.
그 냄새들은 무엇을 생각나게 하는가?

11 다음 생에 나는 누구 혹은 무엇이 될까?

12 매일 아침 침대에서 나와 당신이 처음 하는 일 5가지를 설명해보라.

13 또다시 이별의 아픔을 겪은 후, 당신은 자신이 이상한 사람들에게만 끌리기 때문에 계속 이별한다는 결론을 내리게 되었다. 그래서 과거에 만난 애인들의 공통점을 찾고 앞으로 그런 사람들은 절대 피하고자 과거 애인들의 사진을 모두 테이블 위에 펼쳐놓았다. 어떤 생각이 드는가?

14 신체 부위를 언급하지 않고 키스의 행위를 묘사하라.

15 당신이 쓴 글의 가장 마지막 문장을 새로운 글의 첫 문장으로 사용하라.

16 당신은 하루 동안 돈을 물처럼 쓸 수 있다. 그날 구입한 물건만 가질 수 있다면 돈을 어떻게 쓰겠는가?

17 당신 옷장에서 가장 낡은 옷은 무엇인가? 왜 그 옷을 오랫동안 보관하고 있는가?

18 부모님은 당신의 이름을 어떻게 지었나?

19 이름을 바꿀 수 있다면 무엇으로 하겠는가?
왜 그렇게 바꾸고 싶은가?

20 당신의 별명은 무엇인가? 왜 그런 별명이 붙었나?

21 별명을 바꿀 수 있다면 무엇으로 하고 싶은가?

22 한 영화감독의 영화를 완전히 다른 스타일의 감독이 리메이크한다고 해보자. 예를 들어 팀 버튼 감독이 〈대부〉를 만들거나, 우디 앨런 감독이 〈스타워즈〉를 만들거나, 쿠엔틴 타란티노가 〈미드나잇 카우보이〉를 리메이크하는 것이다. 어떤 감독이 어떤 영화를 리메이크했으면 하는가? 이유는 무엇인가?

23 오늘 당신이 가장 후회하는 것은?

24 당신에게 온 스팸 메일을 읽어라.
그리고 옛 친구에 보내는 것처럼 그 메일에 답장을 써라.

25 가족 혹은 친구들을 제외하고 다른 사람에게서
처음 사랑한다는 말을 들었을 때를 글로 써보라.

26 내 작문 수업을 듣는 학생의 블로그에
우연히 들어갔다가 그 애가 나를 스토킹하고
있었다는 것을 알게 되었다.

27 평행우주에서 온 사람이 내 집 앞에 있다.
그 사람의 생활은 나와 정반대다. 그 사람이 믿는 것은…

28 그 사람이 먹는 것은…

29 그 사람이 입는 것은…

30 그 사람은 절대로…

31 속보! 정부가 카페인을 금지했다.
의사들이 카페인을 대신해 정신을 들게 할 수 있는 방법으로 무엇을 권장하는가? 그리고 그 이유는 무엇인가? TV뉴스 원고처럼 그 내용을 써보라.

32 당신과 친한 사람이 죽었다.
그 사람의 죽음 후 당신은 사후세계가 확실히 있다는 증거를 발견하게 된다. 도대체 무엇을 발견한 것인가?

33 초대받았던 주말 파티가 엉망으로 끝나버렸다.
파티에 초대해준 것에 감사하는 짧은 편지를 써보라.

34 옆집 사람이 당신이 그 집 쓰레기를 뒤지는 걸
보고 있다.

35 당신에게 두려움이 없다면 무엇을 하겠는가?

36 공부하지도 않았는데 당신은 외국어를 꽤 많이 알아듣는다. 알고 보니 이런 이유 때문이었다.

37 당신의 인생을 한 단어로 써보라.

38 사과를 어떻게 자를 것인가?

39 두려움을 느낄 시간도 없었다.

40 당신이 좋아하는 노래의 목록을 만들어라.
그중 한 곡의 노래 가사를
당신 이야기의 첫 문장으로 사용해보라.

41 변기가 기도를 할 수 있다면 뭐라고 기도할까?

42 "정말 짜증 나는 것은…"으로 시작해서 10분 동안
불만을 쏟아내라.

43 스티브 잡스가 토머스 에디슨을 만났다.
그들은 무슨 이야기를 나눌까?

44 당신의 인생에서 가장 행복했던 순간이나 사건을
한 문장으로 최대한 길게 써보라.

45 내가 안전하다고 생각하는 곳

46 눈을 감아보라. 마음속에 처음 떠오르는 것 5가지를 적어라. 소리, 느낌, 냄새, 잡생각 등 무엇이든지 좋다. 자, 이제 10분 동안 그 5가지를 이용하여 글을 써보라.

47 원더우먼이 머리를 자르기로 결심했다. 왜일까?

48 이 시대의 큰 걱정거리

49 무인도에 갈 때 가져가고 싶은 책 5권은 무엇인가?

50 가져가고 싶은 영화 5편은?

51 가져가고 싶은 음식 5가지는?

52 사랑하는 사람들의 사진 5장을 가져간다면?

53 우연히 공동묘지를 지나다가 당신의 이름이 적힌 오래된 묘비를 발견했다. 그 사람은 100년 전에 죽은 사람이다. 어떤 사람이었을까?

54 형용사를 사용하지 않고 당신의 첫 키스를 묘사해보라.

55 미래의 자신을 위해 문신에 어떤 문장을 새기겠는가?

56 에이브러험 링컨이 타임머신을 타고 현재의 미국으로
돌아온다면 무슨 생각을 할까?
며칠간 그가 고향에서 보내는 장면을 글로 써보라.

57 여성 교황이 선출되었다.
어떻게 그녀가 교황으로 선출된 것일까?

58 나는 이럴 때 살아 있음을 느낀다.

59 새로운 외계 생명체가 발견되었다.
그들에게 지구와 인간을 소개하는 첫 번째 교신을
단 두 문장으로 작성해보라.

60 어제의 운세를 써보라.

61 당신은 태어나서 처음으로 눈雪을 보았다.
왜 눈물이 나는 걸까?

62 오늘은 이 세상의 마지막 날이다.
당신은 매우 건강하다. 어떻게 하루를 보내겠는가?

63 집에 오자마자 고양이나 강아지에게
무슨 말을 해주겠는가?

64 당신이 질투심을 느끼는 5명의 이름을 써보라.

65 당신이 너무나도 사랑했던, 하지만 이 세상을 떠난 사람과 마지막으로 이야기할 수 있는 기회가 생겼다. 무슨 이야기를 나눌까?

66 지금 옆에 앉아 있는 사람과 나의 가장 큰 차이점은…

67 최근 카메라가 있었으면 좋겠다고 생각한 순간은 언제인가?

68 밴드의 이름을 지어라.

69 새로 출시되는 장난감의 이름을 지어라.

70 새로 방영되는 TV드라마의 제목을 지어라.

71 당신이 사랑하는 사람의 손을 묘사해보라.

72 당신 집에서 가장 가까운 슈퍼마켓에 가는 방법을 적어보라.

73 당신은 신문기자이다. 백악관 고위직에 있는 사람이 당신에게 정부와 관련된 일급비밀을 말해주었다. 어떤 비밀이었나? 5개 단락으로 기사를 작성해보라.

74 당신의 새 애인은 성공한 소설가이다.
오늘, 그 사람이 당신 집에 처음으로 저녁식사를 하러 온다. 오전에 당신은 그에게 보여주기 위해서 그가 쓴 책 20권을 샀다. 하지만 그 책들을 전혀 읽지 않았다는 걸 그 사람이 눈치채버렸다. 그와의 대화를 써보라.

75 하늘에서 UFO를 목격했다. 트위터에 뭐라고 쓸 것인가?

76 당신은 이별을 정말 잘한다. 비결이 무엇인가?

77 나는 그제야 ______________을(를) 알게 되었다.

78 '이'라는 글자를 쓰지 않고 문장을 써보라.

79 빨간 드레스를 입은 여자가 바다로 걸어가고 있다.

80 살인사건이 일어난 방. 사건이 생기기 전
그 방을 청소했던 청소부의 시점으로 묘사해보라.

81 그 방을 살인자의 시점으로 묘사해보라.

82 그 방을 희생자의 시점으로 묘사해보라.

83 이 세상을 떠난 당신. 사후세계가 있다는 것을
누군가에게 말해주기 위해 딱 1분만 살아날 수 있다.
누구에게 어떤 이야기를 해주겠는가?

84 내일도 당신은 저를 사랑할 건가요?

85 회사 화장실에 붙일 메모 하나를 작성하라.

86 문자메시지로 하는 말싸움

87 당신이 알고 있는 사람 중 가장 재미없는 사람은
누구인가? 그 사람이 하는 농담 하나를 써보라.

88 두들겨 맞는 것이 어떤 느낌인지 글로 써보라.
단, 신체적 통증은 묘사하지 마라.

89 사람들이 당신을 죽은 것으로 믿게 만들기로 했다.
어떻게 그것을 실행할 것인가?

90 사람들이 당신을 죽었다고 믿게 만든 후,
어떻게 새로운 삶을 살 것인가? 누구로 살아갈 것인가?

91 할머니 유언장의 다른 버전을 비밀의 책상 서랍에서
발견했다.

92 내가 열 살 때 작성한 '오늘의 할 일' 목록을 우연히 발견했다. 뭐라고 적혀 있는가?

93 나는 ____________을(를) 경험할 필요가 없다.

94 2000년, 118명의 해군과 장교를 태운 러시아 핵잠수함 쿠르스크호가 바렌츠해에서 침몰했다. 그 최후의 순간을 묘사해보라.

95 셜록 홈스가 우리 동네에 탐정 사무소를 차렸다.
어떤 사건을 그에게 의뢰하고 싶은가?
그의 사무소로 찾아가는 장면을 글로 써보라.

96 어렸을 때 숨기 좋아했던 곳의 목록을 만들어라.

97 세입자에게 저 빨간색 얼룩이 무엇인지 설명하라.

98 한 여자가 새들이 지저귀는 소리가 거슬려서 이웃집 앞에 있는 나무를 잘라버렸다. 이웃집 남자는 30년 전 어머니의 죽음을 기리며 그 나무를 심었다고 한다. 나무가 쓰러지는 바로 그 순간 남자가 집으로 돌아왔다. 10분 뒤 그 남자의 손에는 그 여자의 전기톱이 들려 있었다. 무슨 일이 일어났을까?

99 죽기 전에 하고 싶은 일 30가지를 적어보라.

100 뱀파이어의 인생 12시간

101 좀비의 인생 12시간

102 아무도 나를 찾지 못하는 숨바꼭질

103 내가 여섯 살 때 살았던 집

104 정오이다. 당신은 법원 근처에 있는
가로수 길을 걷고 있다. 그러다 배수관에 누군가
쓰러져 있는 것을 우연히 발견하게 된다.
그 사람이 죽었는지 살았는지는 아직 모른다.

105 누군가가 나를 처음으로 속였던 때

106 내가 누군가를 처음으로 속였던 때

107 자신의 성격 중 어렸을 때는 너무 싫었지만
어른이 된 후 좋아하게 된 성격은 무엇인가?
그리고 그 성격을 좋아하게 된 순간은 언제였는가?

108 유명 셰프에게 부모님의 50주년 결혼기념일을 위한
특별 요리 레시피를 부탁하는 팬레터를 써라.

109 이것은 당신이 다른 사람에게 잘못 보낸 이메일이다.

110 초등학교, 중학교, 고등학교 그리고 현재의 나에게
행운을 가져다주는 옷들을 적어보라.

111 천국으로 가는 문 앞에 어떤 표시가 있다.
뭐라고 적혀 있는가?

112 지옥으로 가는 문 앞에 어떤 표시가 있다.
뭐라고 적혀 있는가?

113 당신은 외국에 있다. 이제껏 '부탁드립니다'라는
뜻으로 생각하고 써온 단어가
사실은 '바보'를 의미한다는 걸 알게 되었다.
당신 때문에 기분이 상한 상대에게 이 상황을 설명하라.

114 당신의 여자친구 혹은 남자친구가
당신의 물건 중 자신이 정말 싫어하는 걸 팔아버리려고
중고거래 사이트에 광고를 냈다. 뭐라고 적혀 있는가?

115 지금 무엇을 입고 있는가?
그 옷을 어떻게 가지게 되었는지 설명하라.

116 평소 자주 가는 백화점에 하룻밤 동안 갇히게 된다.

117 당신은 진실게임을 하고 있다. 말하고 싶지 않은 진실은
무엇인가? 그리고 받고 싶지 않은 벌칙은 무엇인가?

118 내가 외국 ________에서 자랐으면 지금 모르는 것도 알 수 있을 텐데….

119 내가 우리나라 ________에서 자랐으면 지금 모르는 것도 알 수 있을 텐데….

120 내가 ________(년도)에 태어났더라면 지금 모르는 것도 알 수 있을 텐데….

121 선물 상자를 열었더니 우정에 금이 갈 만큼
상처를 주는 물건이 들어 있다. 무엇인가?

122 가장 좋아하는 소설에서 가장 어린 캐릭터를 찾아보라.
그 아이의 이야기를 해보라.

123 당신은 새로운 칵테일의 모티브가 된 사람이다.
그 칵테일은 무엇인가? 무엇으로 만들었나?

124 국정원에서 일하는 친구가 전화를 했다.
딱 1시간 동안 전 세계에 있는 사람의 대화를 엿들을 수 있는 기회를 주겠다고 한다. 누구의 대화를 듣겠는가? 대화의 내용은 무엇인가? 대화를 글로 써보라.

125 후회를 나타내는 다섯 가지 표현들

126 내가 꿈꾸던 집

127 이름이 똑같은 두 사람이 상을 받기 위해서 나타났다.

128 이름이 똑같은 두 사람이 예약제로 운영되는
레스토랑에 나타났다.

129 소개팅 사이트에 누군가가 쓴 소개 글에 답글을 썼더니,
그 사람이 내가 어떤 치약을 쓰고 왜 그것을 쓰는지
딱 두 문장으로 알고 싶어 한다.

130 당신은 빛의 속도로 움직이는 열차에서 일주일간 여행 중이다. 열차에서 내리자 100년이 지나버렸다. 무엇이 보이는가?

131 지금 냉장고에 있는 음식 중 가장 오래된 것을 묘사해보라.

132 고양이가 무엇을 가져왔는가?

133 당신은 종이 두 장과 펜 하나만 가지고
사막에 고립되어 있다. 구출될 희망은 없어 보인다.
아무도 읽지 않을 것을 알면서도
당신은 무언가를 적고 있다. 무슨 내용인가?

134 총성이 울렸다.

135 집주인이 쓴 메모를 본 순간 당신은 당장 이사하기로
했다. 그 메모에 뭐라고 적혀 있었는가?

136 당신의 나라가 없어졌다. 당신이 살고 싶은
다른 나라의 대통령에게 왜 그곳에서 살고 싶은지
설명하는 편지를 써보라.

137 당신의 나라가 없어진 이유를 백과사전에 실으려고
한다. 글로 써보라.

138 증조부에게 한 가지 질문을 한다면?

139 내가 꿈꾸던 삶을 지금 살게 된다면 어떨까?
그 삶을 구체적으로 묘사해보라.

140 먹어본 음식 중 가장 이상한 것은 무엇이었나?
그 음식을 먹은 후 당신은 어떻게 행동했는가?

141 손자, 손녀에게 편지를 써라.

142 어떤 소설의 인물로 살다가 2주 뒤 다시 현실로 돌아올 기회가 주어졌다. 당신이 선택할 수 있는 소설은 『안나 카레니나』, 『위대한 개츠비』, 『하워즈 엔드』이다. 어떤 소설을 선택하겠는가? 이유는 무엇인가?

143 나에 대해 다른 사람이 몰랐으면 하는 것을 설명해보라. 단, 3인칭 시점으로 써야 한다.

144 지구에 단 50명만 남아 있다. 생존을 위해
각 사람에게 역할이 주어졌다. 나의 역할은 무엇인가?

145 왜 인간이 해파리보다 더 우월한지 설명하라.

146 일요일자 신문에 한 슈퍼마켓의 광고가 나간 뒤,
월요일 아침 그 슈퍼마켓의 주식이 폭락했다.
광고에 뭐라고 실려 있었을까?

147 나는 총을 들고 거실에 서 있다.
그리고 바닥에는 한 남자가 죽은 채 쓰러져 있다.
무슨 일이 일어난 것인가?

148 단지 냄새와 촉감만으로 당신의 고등학교 주변을 묘사하라.

149 청춘들을 불쌍히 여기소서.

150 주인공이 2주 동안 여행을 하려고 공항으로 출발했다.
가방에 있는 물건 중 가장 중요한 것은 무엇인가?

151 내가 그 말을 하는 마지막 순간

152 직장 동료에게 편지를 써라.
편지에는 당신이 휴가에서 직장으로 복귀하는 날
보고 싶지 않은 것들을 구체적으로 설명해야 한다.

153 내가 가장 좋아하는 해변

154 지금까지 본 옷 중에서 어떤 옷이 가장 끔찍했는가?
만일 당신이 정말 싫어하는 사람이 그 옷을 입었는데
예상외로 옷이 아주 잘 어울린다면 그 사람에게
어떤 칭찬의 말을 해주겠는가?

155 난 더 이상 이런 것이 맞지 않는다.

156 과거 어린 시절 사진 하나를 생각해보라.
사진을 찍는 순간 무슨 일이 있었는가?

157 싫어하는 사람 한 명을 떠올려라. 그리고 그 사람이
애지중지하는 개가 죽은 장면을 글로 써보라.

158 나의 과거 행적 중 하나를 4줄 미만으로 묘비에
적어보라.

159 어머니와 함께 마트에 물건을 사러 갔다.
마트를 나서는데 경비원이 어머니를 화장품 절도죄로 체포했다. 진짜로 어머니의 가방에서 계산하지 않은 화장품이 나왔다.

160 다른 사람이 보고 있을 때 나의 생활은 이렇다.

161 아무도 보고 있지 않을 때 나의 생활은 이렇다.

162 현실처럼 생생한 꿈에서 깨어난 당신은 뭔가 이전과 다르다는 느낌을 받았다.

163 유튜브 영상 몇 개의 스토리를 글로 써보라.

164 집주인에게 위층에서 들리는 소음에 관한 편지를 써보라.

165 싫어하는 줄로만 알고 있다가 한 번 먹은 후
계속 그 음식을 좋아하게 된 때는 언제인가?

166 당신의 식성을 완전히 바꿔버린 음식을 설명해보라.

167 어렸을 때 먹었던 불량식품에 관한 시를 써보라.

168 어렸을 때 당신이 양육을 포기해서 절대 연락하지 않겠다던 아들이 성인이 되어 전화를 걸어왔다. 그는 당신이 손녀들을 만났으면 한다.

169 화가 나서 하는 대화를 12줄로 작성해보라.

170 어떤 사람이 자동차 앞좌석 서랍, 욕실 수납장, 침대 테이블 서랍에 무언가를 넣어두었다. 무엇일까?

171 당신의 핸드폰에 문자메시지가 도착했다.
밤 10시에 술집에서 만나자는 친구의 메시지이다.
그런데 자동 맞춤법 교정 기능이 그 메시지에서
몇 단어를 바꾼 것 같다. 메시지에 뭐라고 적혀 있는가?

172 보푸라기는 정말 무엇일까?

173 아직 발명되지 않은 제품을 설명해보라.

174 모퉁이 가게에서 산 우유가 또 응고되어 있었다.
가게 주인에게 항의하는 장면을 보라.

175 나는 그를 계단에서 만났다.

176 당신은 바리스타에게 마음이 있지만
카페라테를 주문할 때 빼고는 말을 붙여본 적이 없다.
어떻게 하면 다음 단계로 발전할 수 있을까?

177 다른 나라에서 일하게 되어 중국요리 식당에서
환송 파티로 저녁식사를 하고 있다.
후식으로 나오는 포춘 쿠키에 뭐라고 적혀 있는가?

178 내가 꾼 마지막 악몽

179 다음 문장으로 끝나는 이야기를 써보라.
"그녀는 그의 침대 시트로 칼을 깨끗하게 닦았다."

180 내 인생으로 위인전을 쓴다면 책 제목을 무엇으로 할 것인가?

181 소설로 쓴다면 제목을 무엇으로 할 것인가?

182 살인 추리소설로 쓴다면 제목을 무엇으로 할 것인가?

183 로맨스 소설로 쓴다면 제목을 무엇으로 할 것인가?

184 정말 싫어하는 요리 하나를 생각하라.
그 요리가 꼴도 보기 싫은 이유는 무엇인가?
이제 그 요리를 정말로 좋아하는 사람의 입장에서
그 요리에 관한 글을 쓰되 매우 자세히 요리를 묘사하라.

185 "거품을 내고 헹구고 반복해요"라는
흔한 표현을 써서 남자아이들을 위해
새롭게 출시된 샴푸의 사용법을 만들어보라.

186 6학년 담임선생님이 1년 동안 학생끼리 수업 중에 돌려보던 쪽지를 수십 개나 적발해 서랍 속에 넣어두었다. 학년 마지막 날이 되어 선생님은 그 쪽지들을 읽기로 했다. 쪽지에는 뭐라고 적혀 있는가?

187 새벽 2시의 병원 생활을 글로 써보라.

188 한 남자가 나이 50에 자전거 타기를 배운다.

189 그는 __________에 대해 말하지 못해 수치스러웠다.
그래서 그는 ____________ 했다.

190 그녀는 __________에 대해서 말하지 못해
수치스러웠다. 왜냐하면 ____________했기 때문이다.

191 큰 죄책감에 시달리는 사람이 여행사 직원을 만났다.
어떤 일이 일어날까?

192 당신의 몸에 있는 상처를 설명해보라.

193 서랍 하나를 상상한 후, 그 서랍 안에 있는 물건 10개의 목록을 작성해보라

194 북극에서 신을 수 있도록 디자인된 신발 한 켤레를 환불하려고 한다.
판매자에게 환불하는 이유를 설명하라.

195 세상의 많은 문제 중 단 하나만
해결할 능력이 있다면 무엇을 해결하고 싶은가?
왜 그것을 해결하려고 하는가?

196 가장 좋아하는 소설을 트위터 제한 글자 140자 이내로
재구성해보라.

197 나 자신이 생각보다 용감하다고 느꼈던 때는 언제인가?

198 교장선생님의 〈오늘 할 일〉 목록

199 장의사의 〈오늘 할 일〉 목록

200 억만장자의 돈을 관리해주는 사람의 〈오늘 할 일〉 목록

201 "내가 훔친다"라는 문장으로 이야기를 만들어라.

202 10년 전 내가 보낸 편지가 '반송' 도장이 찍힌 채 우체통에서 발견되었다. 누구에게 보낸 편지였는가? 어떤 내용이었는가? 왜 반송이 되었나?

203 지난주, 지난달, 지난해의 5가지 중요한 순간들을 타임라인으로 그려보라.

204 세 살 아이에게 죽음을 설명하라.

205 공중 화장실을 엉망으로 만드는 사람들

206 내 이름의 발음을 잘 못하는 사람들

207 해마다 모든 사람들의 문제가 하루 만에 해결된다. 그러고는 예전의 생활로 다시 돌아간다. 무엇이 그들을 바꿔놓는 것인가?

208 당신이 좋아하는 문 10개를 써보라.
그 문들을 통해 어디를 갈 수 있는가?

209 이야기 속 주인공이 직장에서 내용이 불분명한 이메일을 받았다. 그런데 실수로 '모두에게 전달하기'를 클릭해버렸다. 이제 무슨 일이 일어날까?

210 방에 잘못 들어온 것 같다.

211 사랑했던 사람이 나와 맞지 않는다고 느꼈던 때는
언제인가?

212 당신은 인류 최초로 외계 행성에 착륙했다.
무엇이 보이는가? 그 행성에 대해서 외계인들에게
무엇을 맨 처음 물어볼 것인가?

213 당신의 인생관을 광고 카피처럼 써보라.

214 누가 당신을 다른 사람으로 착각하고 아는 척한다. 하지만 정작 당신은 그 사람을 잘 모른다. 그 사람이 누군지 알아내기 위해 당신은 계속 대화를 이어간다. 두 사람의 대화를 써보라.

215 예전으로 돌아간 당신이 첫 직장에 막 발을 들여놓으려고 한다. 당신 자신에게 뭐라고 말해주고 싶은가?

216 당신이 헤밍웨이라고 가정하고 현재 당신 주변을 묘사해보라.

217 당신이 『해리포터』의 작가 J.K 롤링이라고 가정하고 현재 당신 주변을 묘사해보라.

218 편집자가 당신의 단편소설 출판을 거절했다. 그에게 이메일을 쓴다면 이메일의 제목은 무엇인가?

219 졸업반 학생 중 누군가가 모든 문서가 보관되어 있는 사무실에 불을 질렀다. 당신이 가장 유력한 용의자로 생각하는 학생을 묘사해보라.

220 공공장소에서 알몸으로 다니는 것을 허용하는 정치적인 공약 5가지를 적어보라.

221 공항 검색대 통과하기

222 10번째 고등학교 동창회에 갔다. 학창 시절에 나는 인기가 없었지만, 지금은 신종 사업 아이템 몇 가지로 수십억 부자가 되었다. 동창들이 나를 대하는 어떤 태도로 대하는지 써라.

223 한 여인이 담배를 먹는 것에 중독되어 있다.

224 문이 잠기지 않는다.

225 아주 막대한 재산과 말기 암 판정을 같은 날 동시에 받은 사람이 그다음 해를 어떻게 보내는지 써보라.

226 당신은 비밀 초대로만 운영되는 인터넷 동호회를 만들었다. 멤버들에게 어떤 공통점이 있는가?

227 아침식사에 대한 시조를 써보라.

228 『괴물들이 사는 나라』라는 그림책을 청소년 소설로 각색할 경우 그 책의 표지를 묘사하라.

229 공포 소설로 각색할 경우, 책 표지를 묘사하라.

230 문학 소설로 각색할 경우, 책 표지를 묘사하라.

231 실화로 각색할 경우, 책 표지를 묘사하라.

232 노숙자에게 푼돈을 주었더니 내 이름을 말한다.
어떻게 알았을까?

233 어린 시절을 보낸 방을 천천히 생각해보라.
어떤 물건들이 기억에 남는가? 그 물건들을
가능한 한 많이 써보라. 그리고 그중 하나를 골라서
그것이 지금은 어디에 있을지 생각해보라.

234 버스를 기다리는 사람이 마음속으로 하는 말을 글로 써보라.

235 소개팅 상대를 기다리는 사람이 마음속으로 하는 말을 써보라.

236 당신의 이웃 주민이 자살 폭탄 테러를 계획하고 있다는 의심을 받고 있다.

237 나는 앞으로 어떤 일이 벌어질지 알고 있으면서도
타이타닉호를 탔다.

238 어제 나에게 있었던 일이 잡지에 기사로 났다.
기사의 제목은 무엇일까?

239 나를 딸나게 하는 것들을 적어보라.

240 천국도, 지옥도, 그 중간 세계도 모두 없다고 한다.
하지만 성격이 완전히 다른 두 가지 사후세계와
죽은 영혼이 이 두 세계를 오갈 수 있는
제3의 세계가 있다고 한다. 이 세계를 모두 묘사해보라.

241 당신이 아내(남편), 친구, 친척들과 벌인 최악의 싸움을
대화체만을 사용해 글로 묘사하라.

242 내가 생각하는 꿈의 프러포즈

243 최근에 신장병 진단을 받은 아버지와 함께 점심을 먹고 있다. 아버지가 당신의 신장 중 하나를 자신에게 기증해줄 수 있는지 묻는다.

244 어떤 사람이 더 좋은 리더가 될까? 사랑받는 사람? 아니면 두려움이 큰 사람?

245 나와 더 이상 말을 섞지 않는 사람에게 편지를 써라.

246 정말 싫어하는 물건을 선물로 받았다. 감사의 편지를 써보라.

247 TV드라마에서 두 인물의 대화를 몇 분 동안 녹음한 뒤 그것을 적어보아라. 글을 통해서 대사의 리듬, 억양, 끊어짐 등이 어떻게 조화를 이루는지를 관찰하라. 이제 그 대화 스타일과 비슷하게 당신만의 대화를 만들어보라.

248 죽을 때 그 사람은 어떻게 될까? 당신의 생각을 써보라.

249 여기는 1880년 미국 서부이다. 마을에 막 도착한
당신이 술집에 들어가 술 한 잔을 시키는 장면을 써라.

250 그녀는 쪽지를 읽고 그걸 접더니 발로 슬쩍 배수구에
밀어 넣었다.

251 당신을 학대하는 어머니와 모든 관계를 끊기로 결심했다. 어머니에게 관계를 청산하겠다는 내용의 편지를 써보라.

252 당신이 가장 당황스러웠던 때를 생각해보라. 그 상황을 옆에서 지켜본 사람의 관점으로 글을 써보라.

253 지금까지 당신이 해본 최고의 샤워

254 유명한 영화배우인 당신은 출연한 영화에 대해 젊은 기자와 인터뷰를 하고 있다. 그 영화는 대본도 엉망이었고 감독과 마찰도 있었다. 또, 같이 출연한 배우와 사귀다가 차버리기도 했다. 인터뷰에서 그 영화의 좋은 점을 말하다가 점차 당신의 본심이 드러났다. 이 장면을 인터뷰 시작부터 글로 써보라.

255 아홉 살 아이의 관점으로 부모나 친척의 악행을 설명하라.

256 로버트 프로스트의 시에는 “노란 숲 속에서 길이 두 갈래로 났습니다”라는 문장이 있다. 길이 갈라지는 곳의 이정표에는 뭐라고 적혀 있는가?

257 수많은 벌에 쏘이는 느낌을 써보라.

258 정부 기밀과 관련된 사이트에 접속한 후 컴퓨터에 이런 에러 메시지가 뜨고 있다.

259 부모님이 결혼 50주년 축하파티를 열고 있다.
어젯밤 나는 아버지가 바람을 피운다는 걸 알게 되었다.
이제 내가 축사를 할 차례다. 뭐라고 할 것인가?

260 몇 년 동안 사귄 애인과 헤어지려고 한다.
그 사람에게 보내는 편지의 마지막 3줄을 써보라.

261 이번이 진짜 내 생각을 그녀에게 말할 마지막 기회이다.

262 술에 매우 취한 사람의 시점으로 학교나 회사에 가는 길을 써보라.

263 이번에는 매우 화가 난 사람의 시점으로 써보라.

264 잠이 쏟아지는 사람의 시점으로 가는 길을 써보라.

265 매우 마음이 아픈 사람의 시점으로 가는 길을 써보라.

266 20년 동안 연락이 되지 않던 대학 시절 연인으로부터 장문의 이메일을 받았다. 이메일에서 그는 자신의 생활을 말하고는 당신의 안부를 묻고 있다.
둘이 사귈 때 그는 당신의 대학 근처로 이사했다가, 당신이 다른 사람을 선택하자(이후에 그 사람과도 헤어졌다) 2주 뒤 그 지역을 떠나버렸다.
그가 당신을 만나 다시 잘 해보기를 원하는 것 같다.
그와의 만남에 대해 뭐라고 답장을 쓰겠는가?

267 당신이 가본 도시 세 곳을 생각해보라.
지금 각 도시에서 일어나고 있는 일을 세 가지씩
상상해서 글로 써라.

268 생일파티에서의 죽음

269 당신은 1년 동안 동굴에서 살고 있다.
그곳에서의 생활을 묘사해보라.

270 창밖을 내다보니 당신의 수영장에 시체 하나가 떠 있다.

271 누가 당신을 쫓아오고 있다. 누구일까?
그 사람은 무엇을 원하는 것일까?

272 수집증, 쇼핑중독, 주차미터기 숫자 읽기 등
강박증 하나를 생각해보라.
그 강박증을 아주 재미있는 활동인 것처럼 묘사하라.

273 나의 어머니가 전화로 말하기 좋아하는 것들

274 나의 아버지가 전화로 말하기 좋아하는 것들

275 신체 일부 중 바꿨으면 하는 부분을 묘사하라.

276 신체 일부 중 가장 좋아하는 부분을 자세히 묘사하라.

277 당신과 남자친구가 캠핑을 떠났다. 남자친구는 전형적인 도시남으로 캠핑이라는 것을 해본 적이 없다. 한밤중에 텐트 밖에서 이상한 소리가 들린다. 곰 한 마리가 텐트 옆 테이블 위에 있는 샌드위치를 먹고 있는 것이었다. 남자친구는 공포에 질린 채 미동도 하지 않다가, 겁에 질려 짐을 싸기 시작했다. 그다음 무슨 일이 일어날까?

278 10분 동안 글을 써보라. 글에는 오락실, 눈송이,
주인 잃은 개가 등장해야 한다.

279 선장 1명과 승객 1명만 탈 수 있는 작은 배가
전 세계를 항해하고 있다. 여러 항구를 돌면서 선장은
타고 있던 승객을 내리게 하고 다른 승객을 태워야 한다.
이 사람들의 정체는 무엇인가?

280 우주에서 미스터리한 메시지를 받았다. 어떤 내용인가?

281 야외 연주회를 간 당신. 소음이 공연을 방해하고 있다. 어떤 소음이 들리는가? 자세히 써보라.

282 가장 힘들게 용서해야 했던 것은 무엇인가?

283 초등학교 1학년 담임선생님의 관점에서
당신의 행동발달사항을 5문장으로 작성해보라.

284 초등학교 4학년 담임선생님의 관점에서 작성해보라.

285 중학교 2학년 담임선생님의 관점에서 작성해보라.

286 고등학교 3학년 담임선생님의 관점에서 작성해보라.

287 5년 동안 왕래가 없었던 여동생의 시골집에 도착했다. 동생은 조그만 오두막집에서 혼자 살고 있었는데, 문을 여는 순간 그녀가 수집강박증이 있다는 사실을 알게 되었다. 온갖 잡동사니가 천장까지 가득 차 있었던 것이다. 이제 당신은 어떻게 할 것인가?

288 트로트 혹은 헤비메탈 노래 제목을 5개 만들어라.

289 당신은 지금 방에 있다. 방 문은 반쯤 열려 있다. 집에서 파티가 열린 모양이다. 밖에서 무슨 소리가 들리는가?

290 여당, 야당 이외 제3정당 후보의 공약에서 4가지 주요 쟁점을 간략히 정리하라.

291 교회에서 일어난 아주 극적인 장면 하나를 글로 써보라.

292 새로 출시되는 매니큐어의 이름을 생각해보라.
어떤 여성들이 그 매니큐어를 사용하는지 구체적으로 설명해야 한다.

293 속옷에 관한 시조를 써보라.

294 요리할 레시피에 필요한 재료를 목록으로 작성하라.
단, 모든 재료는 먹을 수 없는 것들이어야 한다.

295 신체적인 한계를 느꼈지만
끝내 그것을 극복했던 순간을 써보라.

296 자존심에 금이 갔지만
포기하는 것이 가장 최선이었던 순간을 써보라.

297 악어가죽 부츠, 빵 굽는 냄새, 실망감이 등장하는
400단어 분량의 글을 써라.

298 마지막으로 올린 글 때문에 페이스북 계정이 폐쇄되었다. 어떤 내용의 글을 썼는가?

299 당신은 니카라과의 한적한 해변에 텐트를 치고 약혼자와 잠을 자고 있다. 한밤중에 마치 수천 개의 손이 텐트를 두드리는 것 같은 소리가 들린다. 텐트 문을 열고 밖을 보니 아무도 없다. 무슨 일일까?

300 반전이 있는 출산의 순간을 써보라.

301 반전이 있는 임종의 순간을 써보라.

302 당신이 저에 대해서 이것만은 알았으면 해요.

303 그건 거짓말이었어요.
이게 진짜로 당신이 알아야 하는 거예요.

304 존경하는 직장 상사이자 멘토인 사람이
부도덕한 사건을 덮기 위해 나의 도움이 필요하다고
한다. 그 사건은 무엇인가? 뭐라고 답할 것인가?

305 영부인 미셸 오바마의 관점으로 오사마 빈 라덴이
죽은 날 백악관의 분위기를 묘사해보라.

306 공동묘지에서 누군가를 우연히 만났다.

307 당신의 아들이 다닐 새 어린이집의 지원서를 써보라.
단, 아들이 왜 이전 어린이집에서 쫓겨나 새로운
어린이집에 가야 하는지 간접적으로라도 밝혀야 한다.

308 엽서에 쓴 러브레터

309 창밖, 차 안, 그리고 공장 근처의 공기를 느껴보라.
소믈리에 스타일로 각 공기에 대해 한 단락씩 써보라.

310 당신은 대학 문예창작과의 성공한 학과장이다. 어느 날 열여섯 살 된 딸이 국어시험에서 낙제했다는 소식을 들었다.

311 당신과 정치적 성향이 완전히 다른 정당의 인물과 사랑에 빠졌다. 둘이 헤어지는 장면을 써보라.

312 이 세상에서 제일 무서운 것

313 놀이터에 두 소녀가 있다. 당신은 한 소녀에게는 앞으로 원하는 것은 무엇이든 얻을 것이라고 말한다. 반면 다른 소녀에게는 인생에서 실망감과 좌절만을 맛볼 것이라고 한다. 무슨 근거로 그런 말을 한 것인가?

314 이제 당신은 두 번째 소녀에게 인생행로를 바꾸기 위해서는 이렇게 해야 한다고 말한다. 그게 무엇인가?

315 오늘 꼭 필요한 물건인데 집에서 가져오지 않은 걸 알게 되었다. 그 물건은 무엇인가?

316 이웃이 당신의 비밀을 알아냈다.

317 당신은 죄사함을 받을 수 있는 기회를 얻었다. 어떤 죄를 용서받고 싶은가? 어떻게 용서를 받을 것인가?

318 건축가의 눈으로 시내 한복판의 사거리를 묘사해보라.

319 파도타기 서퍼의 눈으로 묘사해보라.

320 도둑의 눈으로 묘사해보라.

321 주차장 도우미의 눈으로 묘사해보라.

322 50세 남자가 차를 주유소에 세워두고 화장실에 갔다. 그는 화장실 벽의 낙서를 보더니 황급히 차를 돌려 자신이 왔던 길로 되돌아갔다. 낙서에 뭐라고 적혀 있었던 것일까? 그는 어디로 갔을까?

323 페이스북에 지금으로부터 1년 뒤 하루 일과를 포스팅하라.

324 당신의 부하직원 중 가장 직급이 높은 직원에게 편지를 써라. 그의 자리를 아홉 살 된 회장님의 아들이 차지한다는 사실을 편지로 정당화시켜야 한다.

325 레스토랑의 메뉴판을 보니 제조사가 리콜해서 완전히 단종된 재료로 만든 음식이 적혀 있다.
그것을 주문하고 당신은 무언가 발견하는데…

326 실수로 아주 귀중한 물건을 야외에 있는 쓰레기통에 버렸다. 그 물건은 무엇인가? 그 물건을 어떻게 찾을 것인가? 누가 도와주었나? 누가 그것을 목격했는가?

327 중학교 2학년 첫 등교한 날에 입었던 옷을 묘사해보라.

328 거의 익사 직전이던 그때 그 순간

329 여동생이 부모님에게 커밍아웃했다.
그러나 부모님의 반응에 여동생은 매우 화가 났다.
동생의 마음을 풀어주기 위해 무슨 말을 하겠는가?

330 장기기증 수혜자가 장기기증자에게 집착하는 상황에
대해 글을 써보라.

331 당신의 집이 마치 최고급 휴양지인 것처럼 묘사해보라.

332 내가 가장 좋아하는 길을 시각장애인 친구가 걷고 있다. 친구가 듣는 소리를 통해 그 길을 걷는 느낌을 써보라.

333 마치 지구 반대편 지역에 사는 것처럼 페이스북에 글을 남겨라. 거기서 나는 무엇을 하고 있을까?

334 피자에 관한 시를 써보라.

335 나는 사치가 심한 애인에게 청혼하기로 결심했다.

336 처음에는 로맨틱하게 시작하다 결국 헤어지게 되는
한 커플의 문자메시지 내용을 글로 써보라.
분위기가 갑자기 전환되는 부분이 어디인지에
초점을 맞추어 작성하라.

337 분신사바 후 나타난 메시지 5가지

338 가까운 친구가 자살을 암시하는 문자를 보냈다.
그와 주고받은 문자메시지 10개를 써보라.

339 당신이 싫어했던 담임선생님께 편지를 써라.
편지에는 그 선생님의 무엇이
당신을 짜증 나게 하고 상처를 주고 화나게 했는지
구체적으로 묘사되어 있어야 한다.

340 나의 어린 시절을 7단어 미만의 신문 기사 헤드라인으로 작성해보라.

341 나의 첫 키스를 헤드라인으로 작성해보라.

342 나의 직장 면접을 헤드라인으로 작성해보라.

343 나의 결혼을 헤드라인으로 작성해보라.

344 숨바꼭질, 땅따먹기 등 어린 시절 당신이
가장 좋아했던 놀이의 목록을 써보라.
그리고 어른들이 그 게임을 하는 장면을 글로 써보라.

345 내가 있어야 할까? 아니면 가야 할까?

346 친구가 자신의 위인전을 소개하는 광고문을
써달라고 요청했다.

347 '단어 연상'이란 어떤 단어를 들으면 다른 단어가 연상되는 것을 의미한다. 당신에게 제시된 첫 번째 단어는 '우울'이다. 그리고 당신이 마지막으로 연상한 단어는 '숟가락'이다. 연상하는 과정을 써보라.

348 70세 남자가 일자리와 가진 돈을 모두 날린 후 개 한 마리와 함께 밴van에서 살고 있다. 그가 딸에게 편지를 쓴다. 뭐라고 쓸까?

349 친한 지인이 세상을 떠난 뒤 갑작스럽게 알게 된 사실을 써보라.

350 멀리 떨어져 살던 어머니가 여행 가방 4개를 들고 나타났다. 그러더니 당신과 함께 살겠다고 한다.

351 당신에게 벌어진 최고의 1분을 구체적으로 설명하라.

352 당신은 침대 시트와 인테리어 제품을 파는 회사의 카탈로그를 만드는 일을 한다. 59달러와 129달러짜리 침대 시트를 팔기 위한 짧은 글을 50단어 미만으로 각각 작성해보라.

353 당신이 구름 위에서 보는 것

354 3음절 이하의 단어만으로 서론 단락을 작성하라.

355 하고 싶은 사업을 시작하기 위한 자금으로 당신에게 5백만 달러가 지급되었다. 어떤 사업을 하겠는가? 무엇을 처음으로 하겠는가? 그다음에는 무엇을 하겠는가?

356 그날 아침 내가 현관문을 열었을 때…

357 긴 하루가 끝나고 잠을 자는 느낌을 설명하라.

358 사랑하는 사람이 육지에서 약 12미터 정도
떨어진 호수에 빠져 허우적대고 있다.
당신은 그 사람을 구하기 위해 호수에 뛰어들었다.
당신이 수영하는 장면을 써보라.

359 1년 동안 보지 못한 십 대 아들에게 줄 선물을
아버지가 고르고 있다.

360 스티브 잡스가 환생해서 또 하나의 획기적인 물건을 만들어냈다. 그것은 무엇인가? 애플이 그 물건을 판매하기 위해 만든 광고 카피 하나를 써보라.

361 당신은 두 형제, 강도, 정사가 등장하는 1분가량의 연극 대본 쓰는 일을 맡았다.

362 속보

363 한 유명인이 무엇에 집착하는가?

364 어머니에게 3분 동안 스탠드업 코미디 무대에 서달라는 요청이 왔다. 어머니는 어떤 농담으로 그 무대를 시작할까?

365 그들이 파티에서 돌아왔을 때 누군가가 아파트에 침입했다는 사실을 알았다.

366 똑같은 물건을 수천 개나 수집하는 사람에
대해 써보라. 그 사람이 모으는 물건은 무엇인가?
왜 그 물건을 수집하는가? 그리고 물건 수집이
그 사람의 인생에 어떤 영향을 끼치는가?

367 어떤 사람이 당신이 처음 생각했던 것과
완전히 다른 사람이라는 것을 언제 알게 되었는가?
왜 그렇게 생각이 바뀌었는가?

368 LA행 비행기 일등석에서 당신이 가장 좋아하는 TV 프로그램을 만든 사람이 옆자리에 있다는 걸 알게 되었다. 그 사람에게 뭐라고 할 것인가?

369 또 다른 비행기에서 이번에는 당신이 가장 싫어하는 TV 프로그램을 만든 사람이 옆자리에 있다는 것을 알게 되었다. 그 사람에게 뭐라고 할 것인가?

370 남편의 시체가 마침내 수면에 떠오르자 그 여인은
잠들기 전 이런 기도를 했다.

371 땅콩버터 잼 샌드위치를 만드는 방법을 빵이나 칼,
심지어 냉장고도 잘 모르는 외계인에게 설명해보라.

372 시 다섯 편을 복사해서 행별로 모두 자르라.
그 행들을 섞어 붙여서 새로운 글을 만들어보라.

373 나이가 많은 친구가 살 날이 며칠 남지 않았다.
그가 50년 동안 연락하지 않고 지냈던 아들에게 보낼 용서의 편지를 받아 적어달라고 부탁한다.
그 아들의 이름과 주소를 모두 받아놓기는 했지만, 편지를 완성하기 전 그 친구가 숨을 거두었다.
쓰던 편지의 결론을 두세 문장으로 완성하라.
편지에 그의 아버지와 어떤 관계였는지도 설명하라.

374 당신은 청소년이다. 소설가인 어머니가 나와 비슷한 십 대 문제아를 주인공으로 한 소설을 썼는데 그 책이 베스트셀러가 되었다.

375 창문을 닦는 사람이 건물 난간에서 누군가를 감시하고 있다.

376 가장 추웠을 때

377 당신의 글쓰기를 방해하는 것에 관해
10분 동안 멈추지 말고 써보라.

378 아이슬란드의 수도인 레이캬비크에서의 12월 31일

379 당신과 마지막으로 대화를 나눈 한 여자가
100만 달러를 획득할 기회를 얻었지만 단호히 그것을
거절했다. 왜 그랬을까?

380 할아버지, 할머니 중 한 분이 당신에게 중요한 이야기를 한다.

381 당신의 결혼 생활은 아주 행복하다. 그런데 어느 날 남편이 출근을 하고는 집에 돌아오지 않는다.

382 두 사람이 긴 하루를 보내고 나누는 대화를 12줄로 써보라.

383 난징 대학살, 1962년 케네디 집권 시절의 쿠바 미사일 사태, 1929년 주식 폭락, 유럽의 흑사병 등 역사적인 사건 하나를 골라 당신의 개인적인 이야기로 바꿔보라. 역사적인 사건을 당신 이야기의 배경으로 사용하면서 일기나 편지 형식으로 글을 작성하라.

384 당신이 쓴 이야기의 글자 수를 반으로 줄여서 다시 써보라.

385 일어나보니 가족들이 모두 없다. 주방 탁자에 포스트잇이 붙어 있는데 뭐라고 적혀 있는가?

386 맨체스터 유나이티드 팀에 입단 테스트를 받은 스무 살 남자가 며칠 후 오토바이 사고를 당해 하반신이 마비되었다.

387 당신 인생의 최악의 날

388 청소년 시절로 돌아간다고 가정해보자.
어떤 조언을 명심하겠는가?

389 당신의 아이가 가장 좋아하는 파자마를 묘사하라.
아이를 재우기 위해 어떤 방법을 쓰는지도 설명해보라.

390 성격에 맞지 않는다.

391 어린 시절의 추억을 떠오르게 하는 냄새는 무엇인가?
그 추억에 관한 글을 써보라.
그 글을 읽는 사람들이 당신의 인생에서 그 추억이
얼마나 중요한지 느낄 수 있도록 써보라.

392 한 여자가 집에서 나와(자신의 집이 아님)
자신의 차로 뛰어간다. 차 앞유리 와이퍼 밑에
손으로 쓴 메모가 있다. 뭐라고 적혀 있는가?

393 당신은 슈퍼히어로이다. 벽이나 물건을 통과하거나
단단한 물건 속으로 들어갈 수 있는
특별한 능력을 가졌다. 당신의 이야기는 무엇인가?
어떻게 이런 특별한 능력을 가지게 되었는가?

394 당신의 손톱 밑에 생명체들이 살고 있다.
어떤 생명체인가?

395 "첫인상이 항상 맞는 것은 아니다."
이 말이 당신에게 처음으로 와 닿았던 순간을 써보라.

396 신도와 무신론자 사이의 대화를 20줄로 써보라.

397 당신은 1시간째 같은 곳에 줄을 서 있다.
몸 상태와 기분이 어떤지를 설명하라.

398 아들이 첨단 기술을 너무 좋아해서
세상과의 소통을 기기나 인터넷으로만 하려고 한다.
하지만 나는 휴대폰도 잘 쓸 줄 모른다.

399 나비넥타이 매는 법을 써보라.

400 수갑이 채워졌던 그의 손목에는 여전히 통증이
남아 있었다.

401 사람들이 무지개에서 색깔 하나를 없애자는
운동을 벌이고 있다. 어떤 색깔이 표적이 되고 있는가?
그들의 주장은 무엇인가?

402 제우스와 그의 딸 아테나가 21세기 샌프란시스코에
살고 있다. 저녁식사 전 두 사람이 나누는 대화를 써라.

403 최근 갑작스럽게 선물을 받았던 때는 언제인가?

404 사람들의 관심을 받고 싶어서 세상의 이목을 살 만한 우리 회사의 공동창업자를 가짜로 만들어냈다. 그리고 기자들에게 이 가짜 창업자에 대한 기사를 쓰도록 했다. 그 후 이 사람에게 TV 인터뷰 요청이 끊이지 않는다. 이제 어떤 일이 일어날 것인가?

405 당신의 엄지발가락에 대해 100가지 단어를 써보라.

406 당신은 그 신발을 얼마나 신었는가? 그 신발은 누구와 어디를 다녔는가? 그리고 무엇을 했는가?
(재미있게 글을 쓰고 싶다면 신발의 관점에서 써보라.)

407 어떤 사람이 자신이 속고 있었다는 걸 이제야 알게 되었다. 이 장면을 글로 써보라.

408 과거의 장소

409 영화 〈스타워즈〉에 등장하는
제다이 학교의 졸업연설문을 써보라.

410 영화 〈스타트렉〉에 등장하는
스타플리트 아카데미의 졸업연설문을 써보라.

411 열한 살인 내 아들은 왜 여우원숭이에 집착하는 것일까?

412 어린 시절 가장 좋아했던 사탕은 무엇인가?
그 사탕과 연관된 추억이 있는가? 그 사탕이
당신의 손에 쥐어졌을 때, 그리고 입 안에 넣었을 때를
다시 상상해보라. 어떤 맛이 나는가? 기분은 어떤가?

413 나는 계속 걸었다. 하지만 거기에 도착하기 전에
발길을 돌려야 하는 것도 알고 있었다.

414 수도꼭지에서 물방울이 떨어지는 소리는 어떻게 들리는가?

415 부시 대통령은 개 그리기를 매우 좋아하는 것으로 알려져 있다. 그가 개 그림을 그리면서 마음속으로 어떤 생각을 하는지 글로 표현하라.

416 방해 공작

417 사람들이 당신에게 해준 최고의 말

418 당신의 차가 정비소에 있어서 하루 동안 다른 차를 렌트하게 되었다. 마트에서 장을 보고 트렁크에 물건을 넣다가 서류가방 하나를 발견했다.

419 아침에는 진실이었다가 오후쯤이 되면 거짓이 되는 것에 대해 글을 써보라.

420 이 범죄에서 그나마 다행인 것은 희생자가 생기지 않았다는 점이다. 이 범죄에 관한 글을 써보라.

421 당신이 희생자가 되어야 하는 범죄를 써보라.

422 정말 좋아하는 연예인이 라스베이거스의 나이트클럽에서 아주 기분 나쁜 행동을 하는 걸 목격했다. 무엇을 보았나?

423 마침내 나의 동심童心에게 작별을 고하기로 했다.
동심에게 이별을 통보하는 쪽지를 써서
침대 옆 스탠드에 붙여두려고 한다.
그 쪽지를 작성해보라.
단, 절대로 동심의 마음을 아프게 해서는 안 된다.

424 싫어하는 사람을 위해 저녁식사를 준비하는 사람의
이야기를 글로 써보라.

425 지하철에 있던 소녀, 비행기에서 나와 눈을 계속 마주치던 남자, 전화번호를 묻고 싶지만 부끄러워서 차마 용기를 못 냈던 여자 종업원, 끔찍한 사고가 날 때까지 당신과 화해하지 못했던 친구 등 가까이하고 싶었지만 그러지 못한 이에게 편지를 써라.

426 누군가에게 복수하는 장면을 써보라. 그 사람은 당신이 그런 일을 할 것이라고 생각조차 하지 못했다.

427 가장 싫어하는 사람을 생각해보라.
그 사람의 어떤 부분이 당신에게도 있는 것 같은가?
그것 때문에 당신이 어떤 행동을 하게 되는가?

428 이래서 나는 야생의 숲에서 길을 잃었다.

429 휴가 중에 먹었던 가장 훌륭한 음식

430 책장에서 책 한 권을 꺼내 53페이지를 펴라.
그 페이지의 첫 문장으로 새로운 글을 시작해보라.

431 최악의 (혹은 가장 뻔뻔한)
리얼리티 TV 프로그램의 광고 문구를 써보라.

432 먼 나라에서 온 엽서. 하지만 그 엽서에는
당신이 사는 지역의 소인이 찍혀 있다.

433 당신은 시각장애인으로 태어났다. 한 의사가 딱 24시간만 시력을 회복시키는 알약을 개발했다. 당신은 어디로 갈 것인가? 무엇을 할 것인가? 그리고 누구를 만나겠는가?

434 멜 브룩스는 원래 성경에 15계명이 있었는데 모세가 5계명을 쓰지 않았다고 주장한다. 그의 주장이 옳다면 제 11계명부터 15계명은 무엇이었을까?

435 이솝 우화에서 이야기 하나를 선택하라.
개미와 배짱이, 토끼와 거북이 등의 우화에 나오는 동물을 사람으로 바꿔라. 단, 그 동물의 성격이 그 사람에게 그대로 반영되어 각 인물의 행동과 말을 통해 도덕적 교훈이 전달되어야 한다.

436 드디어 온통 당신에 대한 내용밖에 없는 잡지가 발행된다. 편집자에게 편지를 써라.

437 2주 동안의 출장을 마치고 집에 돌아와
빨래를 개다가 검은색 여자 속옷을 발견했다.
그런데 그 속옷은 내 것도, 남편의 것도 아니다.
그 속옷은 왜 여기에 있는 걸까?

438 내가 엘리베이터 안에서 나눈 마지막 대화

439 내가 버스에서 엿들은 가장 최고 혹은 최악의 말

440 한 독재자의 마음에 갑작스러운 변화가 찾아왔다.
군인들 모두에게 휴가를 주고, 적대국과 수교를 하고,
자신의 집무실 문에 '낚시하러 감'이라는 쪽지를
붙여놓기도 한다. 한적한 호숫가 집에서 그 독재자는
자신과 관련된 뉴스 속보를 시청하고 있다.
어떤 뉴스가 나오는지 써보라.

441 내가 만든 인물의 차에는 어떤 스티커가 붙어 있는가?

442 고객 서비스센터에 전화한 당신은 매우 당혹해하고 있다. 당신과 고객 서비스센터 담당자 사이에 오가는 대화를 작성하되 갈 때까지 대화를 진행하라.

443 내가 좋아하는 책이 왜 영화로 제작되어야 하는지 설득하는 제안서를 써보라.

444 그들은 부엌 바닥에서 잤다.

445 25세의 남자가 아버지에게 돈을 부탁하려고 한다.
이메일을 써보라.

446 65세의 남자가 아들에게 돈을 부탁하려고 한다.
이메일을 써보라.

447 그녀는 그 일이 매우 깔끔하게 처리되길 원했다.

448 대학교 재학 시절 냉장고에는 무엇이 있었는가?

449 자기혐오가 심한 제임스 본드 악당 캐릭터를 만들어라.
그 악당은 세계를 지배할 야욕을 가지고 있다.
어떤 의도로 그러는 것일까? 그 악당의 일기를 써보라.

450 몸값을 요구하는 편지를 써보라.

451 당신은 학교 코치이다. 방금 열한 살 여자아이를 팀에서 내보냈다. 부모에게 왜 그 애를 내보냈는지 설명하는 이메일을 써라.

452 당신은 교장선생님이다. 여자아이를 팀에서 방출한 코치에게 왜 사직해야 하는지 설명하는 이메일을 써라.

453 당신과 아버지의 닮은 점

454 오늘 내가 보는 모든 사람과 물건이 인생에 대한 메시지를 준다고 가정해보자. 버스나 직장에서 들은 말, 출근하다가 광고에서 읽은 것들이 내 인생에 어떤 구체적인 메시지를 전해주는가?

455 당신의 인생에서 끔찍한 운명에 처할 뻔했던 경험을 생각해보라. 그 경험의 엔딩을 바꿔서 끔찍한 일이 일어났다 가정하고 글을 써보라.

456 내가 출판하는 아침식사 요리책의 목차를 써라.

457 그 책에서 가장 중요한 재료 3가지는 무엇인가?

458 하나님과의 만남이 성사되었다. 역사상 가장 비인간적인 사건이 왜 일어났는지 물어보려고 한다. 대화가 어떻게 진행될까?

459 좋아하는 로맨틱 코미디 영화의 두 주인공 이야기가
해피엔딩으로 끝나지 않도록 결말을 다시 써보라.
이때 영화의 배경도 공상 과학 영화처럼 바꿔라.

460 가장 좋아하는 직장 상사는 누구인가?
그 사람이 당신에게 무엇을 가르쳐주었나?

461 고백

462 당신에게 일어난 가장 끔찍한 일은 무엇인가?
그 사건을 일으킨 요인 중 무엇을 바꾸고 싶은가?
그랬을 때 결과는 어떻게 달라질까?

463 전기 수리기사로 위장한 남자

464 들으면 어떤 사람이나 장소가 구체적으로
딱 떠오르는 멜로디 5개는 무엇인가?

465 당신은 어제 외국에 도착했다.
오늘 아침 눈을 떠보니 공원 벤치에 누워 있다.
가지고 있는 거라고는 옷 몇 벌뿐이다.
어제 기억을 더듬으니 운전사가 준 주스를 마신 것 같다.

466 알레르기에 관한 글을 써라.

467 이 사진이 없으면 난 살 수 없어요.

468 문학 작품에서 가장 좋아하는 인물 한 명을 생각해보라. 그 인물이 휴가 동안 우리 가족과 저녁식사를 함께하는 것을 상상하라.

469 소설 속의 한 인물이 온라인 데이트 사이트에서 프로필을 작성하고 있다. 그 사람이 가짜로 꾸며내거나 과장한 내용은 무엇일까?

470 나는 열두 살이다. 어제 외계인들이 누나(언니)의 자전거를 부수는 것을 목격했다. 부모님은 그게 내가 한 짓이라고 생각한다. 부모님께 그건 외계인들의 소행이라고 설득력 있게 말해보라.

471 절친이 내가 정말 싫어하는 유부남과 부정을 저지르고 있다. 그 남자의 아내에게 익명의 이메일을 써서 그들의 부정을 막겠다고 나는 결심했다.

472 가장 칼로리가 높은 햄버거를 만들어보라.
햄버거의 이름은 무엇인가?

473 나는 개와 함께 공원에 있다. 아주 매력적인 사람이 자신의 개와 함께 내게 다가온다. 그 사람과 대화를 나누다가 다음 날 해변에서 만나기로 했다. 개들과 함께 해변에서 그 사람을 다시 만났지만, 개들이 서로 어울리지 못하고 있다.

474 당신은 지금 인도에서 인력거를 타고 있다. 인력거를 끄는 사람이 “당신 나라에 만병통치약이 있다는데 사실이에요?”라고 묻는다. 뭐라고 대답하겠는가?

475 그는 병원 응급실에 있었다.

476 트위터 제한 글자 수인 140자 내에서 당신의 인생을 연 단위로 써보라.

477 남부 텍사스 지역에서 등산을 한 후 차를 몰고
집으로 돌아가는데 폭우가 쏟아진다.
한밤중이고 어두운 시골길이어서 아무것도 보이지
않는데, 갑자기 차 바퀴가 깊은 웅덩이에 빠져
꼼짝도 하지 않는다. 누구에게 전화를 할 수도 없다.
얼마 후 다른 차의 불빛이 접근해오더니
낡은 트럭 한 대가 내 차 바로 뒤에 멈춰 선다.
하지만 아무도 차에서 나오지 않고 있다.

478 '거대함'이라는 단어를 생각해보라. 당신의 인생에서 무엇이 '거대한'가?

479 "들어와." 그가 명령했다.

480 차마 용서할 수 없는 사람에게 용서의 편지를 써라.

481 그들은 왜 결혼하지 않았을까?

482 하트, 스페이드, 클로버, 다이아몬드가 카드에 처음 어떻게 사용되었는지 상상해서 설명하라.

483 사람들은 _______ 때문에 당황한다. 하지만 나는 그렇지 않다. 왜냐하면 ___________.

484 당신의 고등학교 1학년 담임선생님의 개인사를 상상해서 한 단락으로 써보라.

485 당신은 한 어머니에게 딸을 미행해달라고
의뢰를 받은 사립탐정이다.
그녀에게 보고하지 않기로 한 것은 무엇인가?

486 배가 몹시 고파서 가게에 갔다.
사과와 복숭아가 보인다. 어떤 것을 선택할 것인가?
왜 그것을 선택했는가?

487 가족들과 예전에 종종 하던 일 중
다시 해보려 했지만 잘 안 되었던 것에 대해 써보라.

488 야구 경기 도중 경기장 상공에서 메시지를 보여주는
소형 비행기를 날릴 기회가 생겼다.
어떤 메시지를 쓰고 싶은가?

489 왜 사랑하지 않는 사람과 같이 살았는지 설명하라.

490 두 사람이 공항에 있는 바bar에 앉아 있다.
그들 모두 혼자서 비행기를 타고 오는
아이를 데리러 왔다. 두 사람의 대화를 써보라.

491 지금 있고 싶은 장소 10곳의 목록을 작성하라.

492 경찰이 당신의 이웃집을 급습해서
마약과 마약 중개인, 그리고 야생 표범을 찾아냈다.

493 지금 당신의 몸은 어떤 느낌에 가장 크게 반응하는가?
몸의 어디에서 가장 큰 반응을 보이는가?
구체적으로 어떤 느낌인지 써보라.

494 가장 사랑하는 사람이 끔찍한 일을 저지르는 악몽에서
방금 깨어났다.

495 할머니에게서는 무슨 냄새가 나는가?

496 당신은 외국을 방문한 고위 관리이다.
이상하게 생긴 요리가 나왔는데,
당신이 먹지 않으면 외국인들이 언짢아할 분위기이다.
그 음식의 생김새와 냄새, 맛을 묘사하라.
그리고 당신이 어떻게 먹었는지도 설명하라.

497 당신은 카우보이 시인이다. 당신의 모자에 대해
시를 써보라.

498 크레이그스리스트 사이트에서 '사람들' 목록을 검색하라. 글 중에서 하나를 읽고 어떤 사람이 그 글을 썼는지 생각해보라. 그리고 그 글을 쓴 사람이 누군가를 만나게 되는 상황을 써보라. 혹은 그 글에 답글을 쓴 사람에게 안 좋은 일이 생기는 상황을 써도 좋다.

역주: 크레이그스리스트는 중고물품을 사고팔거나 구직, 데이트 상대 등을 구할 수 있는 사이트

499 프리마켓에서 가장 사고 싶은 물건 10가지를 써보라.

500 사람들이 당신에게 가진 가장 큰 오해는 무엇인가?
그 오해의 진실은 무엇인지 글로 써보라.

501 폭동이 잠잠해지자 우리는 배가 몹시 고팠다.
그래서 피자를 먹으러 나갔는데…

502 당신이 알고 있는 가장 인상적인 좌우명은 무엇인가?
당신이라면 그 좌우명을 어떻게 바꾸고 싶은가?

503 12줄로 구성된 시 한 편을 작성하라.
단, 첫음절이 '사, 초, 기, 유, 호, 장'인 단어로
각 줄을 시작해야 한다. 단어는 두 번씩 사용하라.

504 위의 시를 다시 작성하되 이번에는 각 줄의
끝 라임을 맞추도록 하라.

505 나의 애완동물이 이것을 부탁하고 있다.

506 기억에 남는 휴가를 생각해보라. 집에 돌아오지 않고 거기에 계속 있었다면 어떻게 됐을까?

507 십 대 아이들이 피자 박스와 맥주 캔으로 거실 바닥을 어질러놓았다. 그들에게 어떤 쪽지를 남기겠는가?

508 당신이 타는 비행기의 모든 승객에게 공공 에티켓 지침서를 나눠준다고 한다. 뭐라고 적혀 있을까?

509 추운 겨울이다. 이제 막 당신은 노스다코타주로 이사를 했다. 캘리포니아주 사람들의 질투를 살 만한 엽서를 써보라. 역주: 노스다코타주의 겨울은 혹독하기로 유명함

510 잘못하는 줄 알면서도 했던 행동은 무엇인가? 그것을 당신이 어떻게 깨닫게 되었는지 써보라.

511 부고訃告를 읽고 어떤 사람이 놀라운 사실을 알게 되었다.

512 당신이 직접 만든 선물을 누군가가 받고
매우 좋아하는 상황을 글로 써보라.

513 당신이 직접 만든 선물을 누군가에게 주었는데
그 사람은 그게 무엇인지 잘 모르는 상황을 써보라.

514 손님들을 위해 애피타이저를 들고 다니는
웨이터의 관점에서 파티를 묘사해보라.

515 친구 두 명이 이틀 동안 산간 오지에서 트레킹을 하고 있다. 그들 주변에는 아무도 없다. 둘째 날 밤에 그들은 가지고 있는 식량이 상했다는 걸 알게 된다.
기온이 떨어진 추운 밤, 그들은 어떤 대화를 나누는가?

516 손님들을 집으로 초대했다.
그들의 눈에 띄도록 잡지 10권을 화장실에 비치한다면 어떤 잡지들을 갖춰두겠는가?

517 20대 청년이 이어폰을 낀 채 크게 웃고 있다.
뭐가 그렇게 재미있는 걸까?

518 이번에는 나이 많은 남자가 크게 웃고 있다.
뭐가 그렇게 재미있는 걸까?

519 당신은 열일곱 살 학생이다.
어젯밤에 왜 숙제를 못 끝냈는지 이유를 설명하라.

520 빌보드 차트 100의 노래 제목이나 베스트셀러 목록에 있는 책 제목으로 이야기를 만들어보라.

521 당신은 누군가와 눈이 맞아 도망가려고 한다.
주방에 있는 탁자에 부모님께 드릴 쪽지를 남긴다면 거기에 뭐라고 쓰겠는가.

522 당신의 아버지는 곡예사처럼 줄타기로 그랜드 캐니언을 건넜지만 정작 당신은 고소공포증이 있다.

523 어머니가 사실 당신의 친부는 세계적인 발명가라고 털어놓았다. 그런데 그 발명가는 당신을 자신의 딸로 인정하지 않는다고 한다. 당신은 그 사람에게 연락해보기로 했다.

524 100세 생일파티 다음 날

525 장모에게 차마 할 수 없었던 말을 담은 편지를 써라.

526 당신이 제일 좋아하는 식당에서 저녁식사를 해라.
한 번도 만난 적 없는 유명인이 그 식당에서 저녁식사를 했다 생각하고 그 사람의 식사가 어땠는지 설명해보라.

527 재미로 시작한 등산이 생존을 위한 사투로 변했다.

528 여든 살 노인이 다락에서 발견한 편지로 가족의 큰 비밀을 알게 되었다. 그의 관점으로 글을 써보라.

529 작은 보트를 타고 여행을 떠나려 한다. 수영복, 속옷, 갈아입을 옷 2벌, 신발 2켤레 등 꼭 필요한 물건만 가지고 갈 수 있다. 그리고 침대 바로 밑 작은 공간에 둘 수 있는 물건 하나도 비밀스럽게 가지고 갈 수 있다. 어떤 물건을 가지고 가겠는가?

530 스물한 살 생일파티를 할 기회가 다시 생겼다. 어떤 파티를 할 것인가? 누구를 초대할 것인가?

531 어린 시절 편안함을 느끼던 특별한 공간이 있는가?
그 공간과 그곳에서 어떤 느낌을 받았는지 구체적으로
묘사해보라.

532 두 이웃이 날씨에 관해 이야기를 나누고 있다.
한 사람은 매우 겸손하지만 다른 사람은 아주 거만하다.
그들은 서로를 싫어하지만 절대 내색하지 않는다.
그들의 대화를 써보라.

533 지난주, 나와 전혀 관련은 없지만 뉴스를 듣고
무기력함을 느꼈던 이슈 하나를 생각해보라.
직접적인 영향을 주지 않지만
그 이슈가 왜 우리에게 중요한지 글로 써라.

534 그녀가 이 세상에서 가장 싫어하는 사람

535 그녀가 이 세상에서 가장 사랑하는 사람

536 집 안에서 가족조차 찾지 못 하도록 물건을 숨길 수 있는 장소를 모두 써보라.

537 당신은 휴가지에서 이메일을 보냈다. 그 이메일에는 당신이 정확하게 몇 시, 어디에서 이메일을 체크할 것이라고 적혀 있다. 그 이메일을 작성해보라.

538 한 남자가 자신이 받는 제안에 모두 “예스”라고 하겠다는 각오로 하루를 시작한다.

539 그는 건강이 좋지 않다는 사실을 숨기고 싶어 한다.
어떻게 숨길까?

540 인생에서 가장 큰 사건 5가지를 한 문장으로 서술하라.
예를 들어, 자동차 사고가 났고 아버지가 가출했으며
내가 졸업을 했고…

541 행복한 가족이라고 모두가 닮은 것은 아니다.

542 이번 주 사람들로부터 들은 변명을 모두 써보라.
신문, 라디오, TV, 주변 대화 등에서 들은 변명도 좋다.

543 한 사기꾼이 약 300킬로그램까지 일부러 살을 찌운 후 급격히 살을 빼서 다이어트 황제로 수십억을 벌 계획을 세웠다. 하지만 병적으로 살을 찌운 후 더는 체중을 조절할 수 없을 정도의 괴물로 변해버렸다.

544 당신과 형제, 자매가 서로 질투하는 장면을 써보라.

545 친구가 자신은 게이라며 당신에게 커밍아웃했다. 당신의 첫 마디는 무엇인가?

546 당신은 버스 안에 있다. 10년 동안 만나지 못했던 과거의 남자친구가 버스에 타더니 바로 앞자리에 앉는다. 당신을 알아보지는 못하는 것 같다.

547 벽난로 위에는 무엇이 있는가? 왜 그것을 놓아두었나?

548 깨어나 보니 감옥에 있다. 왜 거기에 있는지
이유는 모르겠다. 주머니에는 3가지 물건이 있다.
그리고 천천히 기억이 돌아오기 시작한다.
무슨 일이 있었던 것일까?

549 당신의 고양이나 강아지가 트위터피드를 한다.
처음 작성한 3개의 트위터 내용은 무엇인가?

역주: 트위터피드는 자신이 블로그 등에 작성한 것을 트위터나 페이스북 등의 SNS에 연동해서 자동으로 등록해주는 프로그램

550 어렸을 때 좋아했던 노래 하나를 생각해보라.
그 노래를 듣고 최소 5분 동안 멈추지 말고 글을 써보라.

551 택배기사가 36세인 여자 집에 무언가를 배달했다.
30분 후 여자가 다시 돌아오지 않을 각오를 하고 집을 나선다. 여자의 가방에는 무엇이 있을까?

552 그(그녀)가 청혼하자 상대가 이를 거절했다.
둘이 나누는 대화를 써보라.

553 당신은 정부 비밀 단체로부터 하루 동안 외계인에게 사람들의 일상생활을 안내해주라는 임무를 부여받았다. 아침에 눈을 뜨는 순간부터 사람들이 무슨 일을 하는지, 왜 그 일을 하는지 설명해줘야 한다. 또한 외계인과의 대화를 공식 서류로 작성해야 한다. 그 서류를 써보라.

554 나무 위로 올라가니 나무에 있는 큰 구멍 안에 무언가 숨겨져 있는 것을 발견했다. 무엇이었는가?

555 우리 동네의 길 이름을 모두 써보라.
그 길 이름으로 다섯 인물의 이름을 만들어보라.

556 한 남자가 집에 휴대폰을 두고 와서 매우 화가 났다.
하지만 그로 인해 온종일 흥미진진한 모험을 하게 되었다.

557 나는 거인이다. 오늘 할 일의 목록을 만들어보라.

558 왜 세계 평화가 실내 배관시설보다 더 중요한지 간결하지만, 설득력 있게 설명해보라.

559 왜 실내 배관시설이 세계 평화보다 더 중요한지 위의 내용처럼 간결하고 설득력 있게 설명해보라.

560 노예를 소유하던 미시시피 농장 주인이 나치 캠프 수용소 간수와 함께 한 방에 있다.

561 열정으로 가득한 여덟 살 조카에게 인턴으로 일해도 좋다고 허락했지만, 그 아이는 정말 일을 못한다. 조카를 해고할 때 뭐라고 하겠는가?

562 뱃멀미를 심하게 하는 사람이 등장하는 장면을 써보라.

563 스피드 데이트에 관한 5분짜리 TV뉴스 특집 기사를 써보라.

564 당신은 표절했다는 의혹을 받았고, 그 의혹이 사실인 것으로 판결받았다. 편집자에게 잘못을 솔직하게 시인하는 편지를 써라.

565 대학 입학지원서를 작성해보라. 단, 고3때 진정으로 가치 있게 생각했던 것들을 솔직하게 써야 한다.

566 독재국가에서 막 탈출한 사람의 눈에 비친 우리나라

567 당신은 가장 친한 친구가 CIA에 있다고 오랫동안 의심해왔다. 자, 해외에 있는 당신의 아이가 위험에 처했다. 지금 당신은 도움이 필요하다.

568 '하늘'이나 '물(바다)'을 사용하지 않고 다음의 빈칸을 6개의 표현으로 채워보라. "__________ 처럼 푸르다."

569 100단어 미만으로 도덕적 딜레마에 대한 글을 써보라.

570 당신은 Yelp 사이트에 최고 인기 맛집에 대한 리뷰를 쓰고 있다. 리뷰의 네 번째 단락에는 당신이 직접 그 맛집의 음식을 먹어본 적이 없다고 말해야 한다. 하지만 다른 사람들의 리뷰보다 당신의 리뷰가 왜 더 중요한지를 논리적으로 설명해야 한다.

역주: Yelp 사이트는 유명 맛집, 명소 등을 소개하는 사이트

571 지금 이 순간 나에 대해 다른 사람들이 몰랐으면 하는 것

572 미국의 마지막 다람쥐가 박제된 채 이미 오래전에 멸종된 비둘기와 함께 스미스소니언 박물관에 전시되어 있다. 박물관 가이드는 다람쥐가 멸종된 이유를 뭐라고 설명할까?

573 당신의 할머니, 할아버지가 가르쳐준 기술을 생각해보라. 그리고 그 기술을 당신의 손자, 손녀에게 전수해주는 내용의 편지를 써보라.

574 할 일이 별로 없는 FBI 요원 두 명이 당신의 이메일을 조사하고 있다. “이봐. 제이크. 내가 뭔가를 발견했어”라는 문장으로 시작되는 대화 10줄을 써보라.

575 미슐랭이 인정하는 요리사가 패스트푸드에 중독된 남자와 결혼했다. 이들에 관한 글을 써보라.

576 다음의 전보를 마무리하라. “아내에게. 힘든 항해가…”

577 주차비 정산기에 갔더니 주차비 영수증이 5장 있다. 어젯밤 새벽 2시에 26달러를 결제한 영수증부터 오전 10시 30분에 5분간 주차한 후 계산한 2달러짜리 영수증까지, 시간대가 모두 다르다. 각 영수증에 관한 이야기를 한 단락씩 써서 총 5개 단락의 글을 만들어라. 누가 주차했고 정산하기 전까지 그들이 뭘 했는지를 글 속에서 설명하라.

578 키스가 끝나기를 기다리며

579 내가 지지하는 생각을 티셔츠에 디자인하라는 의뢰를 받았다. 티셔츠에 뭐라고 적을 것인가?

580 이케아 가구 스타일로 남녀관계를 정리하는 설명서를 써보라.

581 전도사가 우리나라의 대통령으로 당선되었다.
그 사람의 취임사를 써보라.

582 세상에서 가장 비싼 칵테일의 제조법을 써보라. 그 이름은 무엇인가?

583 "이것은 그녀가 유일하게 가지고 있던 것이다"라는 꼬리표가 붙은 서류 가방을 발견하였다. 그 가방에는 무엇이 들어 있는가?

584 당신을 가둘 수 없는 이유는 무엇인가?

585 브로드웨이에서 활동하는 배우에게
저녁 공연이 끝난 후 만나자는 쪽지가 왔다.

586 앨버트 아인슈타인, 벤저민 프랭클린,
아멜리아 에어하트 등 당신이 가장 존경하는 역사적인
인물의 일기를 우연히 발견했다. 그런데 역사책들이
그들의 이야기를 모두 잘못 기술한 것이었다.

587 나의 결혼식에 늦은 이유

588 집 앞마당에 "경고: 오늘 절대 집 밖으로 나가지 마시오"라고 적힌 표지판이 있다. 당신 필체이지만 그걸 쓴 기억은 없다. 어떻게 하겠는가?

589 주체할 수 없을 정도로 울었던 때의 목록을 만들어보라.

590 당신과 형제자매들이 부모님에게 은밀히 상속받기를 원하는 물건에 대해서 글을 써보라

591 당신은 F. 스콧 피츠제럴드인 척하는
제임스 조이스이다. 몇 문장을 써보라.

592 당신은 제임스 조이스인 척하는
F. 스콧 피츠제럴드이다. 몇 문장을 써보라.

역주: F. 스콧 피츠제럴드의 대표작 『위대한 개츠비』, 제임스 조이스의 대표작 『율리시스』

593 소크라테스가 아킬레스에게 그의 약한 발목에 대해서
조언해주고 있다.

594 어린 시절 당신이 다른 선택을 했다면
인생이 완전히 바뀔 수 있었던 중요한 순간은 언제인가?

595 당신의 딸은 맛을 느끼지 못하는 아이로 태어났다.
어느 날 딸 아이가 버터스카치 아이스크림 맛을
설명해달라고 한다. 뭐라고 말해줄 것인가?

596 비밀을 밝히지 않고 마술의 기술을 설명해보라.

597 어린 시절을 보낸 집에서 낮에 들렸던 소리를 써보라.

598 그 집에서 밤에 들렸던 소리를 써보라.

599 당신과 마지막으로 대화를 나눈 사람에게 점쟁이가
다가가서 자신의 꿈을 포기하지 않으면
돌로 변할 것이라고 말했다. 그는 어떻게 할 것인가?

600 중학교 시절, 친구들에게 놀림을 많이 당했지만
당신이 도와주지 않았던 친구를 떠올려보라.
그 시절로 다시 돌아가 그 아이를 위해 맞서 싸워라.

601 2050년, 해수면이 상승하여 마이애미가 물에 잠겼다.
더 이상 그곳에서 살 수 없게 된 사람들이 이주하기
시작하는 장면을 글로 써보라.

602 당신은 해외 전투에서 공을 세워 훈장을 받은 해병이다.
그 전투를 묘사해보라.

603 그 전투를 목격한 농부 관점으로 전투 장면을 묘사하라.

604 진실하지 못한 사람들이 독서, 영화감상, 외식,
그리고 무엇보다 진실한 사람들과 어울리기 등을 통해
어떻게 진정성을 찾아가는지 그 과정을 글로 써보라.

605 오늘 신문에 나온 사람 중 한 명이 당신의 가족과 비밀스러운 생활을 하고 있다.
그 비밀을 어떻게 알게 되었는지 설명해보라.

606 단추에 집착하는 시각장애인

607 사랑하지만 허풍이 센 남자친구가 투견을 길러서 돈을 벌고 있다.

608 다른 사람의 글 중에서 멋있다고 생각하는
문장 하나를 선택하라. (긴 문장일수록 더 좋다.)
품사를 염두하며 그 문장의 모든 단어를 그대로 적어라.
이제 당신만의 단어를 사용해서 그 문장의
스타일과 비슷한 문장을 써보라.
선택한 문장의 명사, 관사, 동사, 접속사 등을
당신의 명사, 관사, 동사, 접속사로 바꿔보는 것이다.

609 당신은 댈러스에서 애틀랜타로 가는 비행기 안에 있다. 좌석 앞주머니에 손을 넣어보니 손편지가 있다. 편지에 뭐라고 적혀 있는가?

610 당신의 위인전에서 어린 시절 당신이 지금의 모습을 상상해보는 부분을 써보라.

611 휴가를 가는 4인 가족이 차에서 나누는 대화를 써보라.

612 몇 년 동안 연락하지 않고 지낸 사람에게 편지를 써보라. 편지의 내용은 그 사람을 마지막으로 만난 이후 당신 생활의 우선순위가 어떻게 바뀌었는가에 관한 것이다.

613 노래를 부르는 한 아이의 영상이 인터넷에 뜨고 1년 뒤 폭발적인 반응을 얻게 되었다. 기획사들이 앞다퉈 부모에게 전화를 걸어오는데 아이는 가출한 상태이다. 부모는 기획사에 뭐라고 할까?

614 포장된 빵 하나를 떠올려보라.
그 빵의 성분 목록을 작성하는데 목록의 절반 이상이
경화제, 유도제 등의 인공 화학물질이어야 한다.
그 물질들의 이름을 지어라. 이상할수록 더 좋다.

615 지금까지 들어본 말 중 차마 사용할 수 없을
정도로 혐오스러운 말을 모두 써보라.
그 말을 전부 활용해 비평의 글을 써보라.

616 책장에서 책 5권을 임의로 선택하라. 그 책들의 제목을 다시 지어라.

617 고전 문학에는 서사시, 연애시, 음악, 웅변,
춤, 비극, 희극, 역사, 천문학에 영감을 준 뮤즈 9명의
이야기가 담겨 있다. 그러나 또 다른 9명의 뮤즈에
관해서는 잘 알려지지 않았다.
이 9명은 각각 무엇에 영감을 주었을까?

618 어떤 말도 하지 않는 아버지와 아들의 불편한 대화를 글로 써보라.

619 7월 4일, 미국의 독립기념일이다. 워싱턴 DC에서 불꽃놀이 후 아주 끔찍한 일이 일어났다. 무슨 일인가? 이제 어떻게 될 것인가?

620 당신의 아이들은 이제 서로 친하지 않다.

621 당신은 대학교 신입생을 데리고 캠퍼스 투어를 하고 있다. 당신이 고향으로 가기 위해 기숙사 방을 나서며 그와 마지막으로 나눈 말은 무엇인가?

622 친구의 아내가 임신을 해서
당신이 출산 휴가를 써야 한다고 상사에게 말해보라.

623 벼룩시장으로 가라. 그리고 거기에 있는 보물들에 관한 이야기를 써보라.

624 당신이 가장 있기 싫은 곳은 어디인가?
평생을 거기서 살아야 하는 사람에 대해서 써보라.

625 당신 할머니가 할아버지가 아닌 다른 젊은 남자 옆에 서 있는 사진을 발견했다. 그 남자는 누구인가? 사진에 뭐라고 적혀 있는가?

626 닉슨의 임종 역주: 닉슨은 미국의 37대 대통령이었던 리처드 닉슨을 말함

627 당신은 바바라 월터스가 오바마 대통령을 단독으로 인터뷰하는 프로그램을 시청하고 있다. 그들이 토론하고 있는 주제 한 가지는 무엇인가? 그 인터뷰의 일부를 글로 써보라. 역주: 바바라 월터스는 미국의 유명 여성 앵커

628 높은 곳에서 떨어지고 있는 사람이
2~3초 동안 자신의 인생에 대해 생각하고 있다.
무슨 생각을 하는지 써보라.

629 가장 좋아하는 영화, 소설 등을 정하고 줄거리를 써보라. 이제 그 이야기의 인물과 시대, 배경 등을 완전히 바꾸어 줄거리를 다시 써보라. 단 스토리 라인은 절대 바꾸지 마라.

630 한 커플이 주스 병 입구에 립스틱이 묻은 것 때문에 싸우고 있다.

631 셰익스피어의 『로미오와 줄리엣』의 후속작 줄거리를 간단히 써보라.

632 제인 오스틴의 『오만과 편견』의 후속작 줄거리를 간단히 써보라.

633 서로를 싫어하는 사람들 3명이 한 방에 있다. 그들에 관해 글을 써보라.

634 직장 상사가 당신의 팀 인원 중 절반을 해고해야 한다. 당신을 해고해야 하는가, 말아야 하는가? 그 이유는 무엇인가?

635 당신의 대학 친구 한 명이 유명 골프 선수이다. 그가 큰 메이저 대회에서 규칙에 어긋나는 행동을 했는데 아무도 눈치채지 못했다. 그날 밤 친구가 당신에게 전화를 했다. 무슨 이야기를 했는가?

636 당신은 가정 폭력과 관련된 재판의 배심원이 되었다.
비슷한 방식으로 폭력을 당한 경험도 있고
그 사람의 위험한 관계가 지금 당신이 처한 상황과
매우 유사하다는 점에서 당신과 소송인이 많이
닮았다는 생각을 하게 되었다.

637 길에서 나를 향해 걸어오는 사람의 눈에
당신이 어떻게 보일지 글로 써보라.

638 한 아이와 노파에게 새는 사실 공룡이라고 말했다.
한 명은 이것을 믿고 또 한 명은 믿지 않는다.
두 사람의 대화를 글로 써보라.

639 한 남자가 사라져버린 아내를 찾기 위해 사립탐정을
고용했다. 그런데 그 사립탐정마저 사라져버렸다.
무슨 일이 생긴 것일까?

640 초콜릿에 관한 글을 써라.

641 방년 20세의 넬슨 만델라가 타임머신을 타고
현재의 뉴욕으로 왔다.
그의 눈에 비친 뉴욕은 어떠한가?

642 종양이 악성이 되었다.

643 그것을 경험하기 위해 그렇게 많은 돈을 쓴 것이
후회되는가?

644 맛있는 햄버거를 크게 한입 베어 물고 씹는데,
고기 패티 안에서 긴 머리카락이 뭉쳐 있는 것을
발견하였다. 이제 어떻게 할 것인가?

645 가장 친한 친구가 자신의 애인과 당신 중에서
한 명을 선택해야 한다. 왜 당신을 선택해야 하는가?

646 당신이 가장 좋아하는 영화를 분석해보라.

647 모든 것을 다 알고 있다고 생각했으나
실제로는 그 사람이 잘못 알고 있었던 것은 무엇인가?

648 건설 현장 노동자의 신발 한 짝이 고속도로 옆에
놓여 있다.

649 당신이 극우파 독재자라면 이렇게 통치를 시작할
것이다.

650 누군가의 발언으로 모든 사람이 지구를 떠나려고 한다.
도대체 뭐라고 했을까?

651 아버지의 임종을 지켜보기 위해 딸이
대륙과 바다를 건너왔다. 하지만 사랑하는 아버지가
돌아가시지 않자 그녀는 실망을 감추지 못했다.
왜 그런 것일까?

652 실비아 플러스의 시선으로 항우울제에 관한 시를 써보라. 역주: 실비아 플러스는 31세의 나이에 자살한 미국의 대표 여성 시인

653 두 사람이 차 안에 있다. 그들이 범죄를 저질렀거나, 처음으로 "사랑해"라고 고백을 했거나, 그 둘 중 한 명이 자신의 정체를 숨기고 있었다는 사실이 발각되었을 수 있다.

654 나의 첫 번째 콘서트

655 굉장히 실망스러웠지만 결국 당신에게
아주 좋은 상황이 되어버린 것에 대해 글을 써보라.

656 웨딩플래너가 어린 커플에게 그들이 원래 계획했던
것보다 더 엘레강스한 결혼식을 하라고 부추기고 있다.
그들은 어떤 결혼식을 하게 될까?

657 입학할 자격이 없다고 생각하는 사람을 위한
대학원 추천서를 써보라.

658 나는 20년 전 나 자신에게 편지를 써서 타임캡슐에 넣었다. 그 편지에 뭐라고 적었는가?

659 당신은 대학원에 다니고 있다. 그런데 담당 교수를 사랑하게 되었다.

660 당신이 제조한 최고 럭셔리 화장품 크림의 광고 문구를 작성해보라. 그 크림에는 밝힐 수 없는 비밀스러운 원료가 들어 있다.

661 두 사람이 나누는 대화를 써보라. 이 대화에서는 말로 하는 것보다 말로 표현되지 않는 것이 더 의미가 있다.

662 차로 걸어가고 있는데 주차 단속 요원이 당신의 차 앞유리에 딱지를 붙이고 있다.

663 '병장의 훈련 모자sergeant's drill hat'를 구글에서 검색하라. 사진을 찾아 모자와 그 모자를 쓰고 있는 사람을 묘사해보라.

664 당신은 차에 치여 아스팔트 위에 누워 있다.
머리가 깨질 듯이 아프다.
무슨 생각이 드는지 적어보라.

665 〈대부〉, 〈차이나타운〉, 〈오즈의 마법사〉 등
고전 영화의 한 장면을 선택하라.
당신이 쓴 소설에 등장하는 인물을 그 장면에 넣어
그 인물의 시점으로 장면을 재구성하라.

666 글쓰기 수업에는 참을 수 없을 정도의
행동과 글을 보여주는 사람이 꼭 있다. 그 사람이
다른 사람에게 보여주기 위해 가져온 자신의
단편소설 첫 단락을 써보라.

667 타이어가 펑크 나서 그는 업체에 전화를 했다.
견인 트럭을 몰고 온 사람은 그가 오래전에 알고 지냈던
사람이다. 그 사람은 누구인가? 무슨 일이 일어날까?

668 단테의 『신곡』 지옥 편에 10번째 지옥이 추가되었다. 그곳을 묘사해보라.

669 이상주의 때문에 다른 나라의 군대에 자원한 사람의 이야기를 써보라.

670 당신은 말 그대로 기적을 행하는 기적의 신약을 개발했다. 하지만 이것만은 치료하지 못한다.

671 당신이 매우 관심 있는 정치적인 이슈를 생각해보라. 그리고 당신과 완전히 반대의 의견을 가진 인물을 만들어라. 그 인물은 당신보다 더 설득력 있고 공감되는 말을 하고 있다. 당신과 그 인물의 주장을 대화의 형태로 작성해보라.

672 고등학교 최우수 졸업자가 연설 도중에 연단에서 끌려 내려왔다. 무슨 일이 있었는가?

673 어떤 이야기를 한 페이지로 작성해보라.
이제 뼈대는 남겨둔 채 그 이야기를 반 페이지로,
또 다시 4분의 1페이지 등으로
점점 축소해 한 문장으로까지 줄여보라.

674 당신은 절친에게 무언가를 말하려고 일주일째 고민하고 있다. 그와 관련된 진실이 알려지는 순간을 써보라.

675 당신이 연락하고 싶지 않은 개인 소개 광고

676 미국 헌법을 만든 사람 중 한 명인 토머스 제퍼슨이 18세기에 아주 원시적인 형태의 타임머신을 발명했다는 것은 잘 알려지지 않은 사실이다. 그가 타임머신을 타고 미래로 가서 헌법을 위반하는 미국 지도자들에게 책임을 물으려고 한다. 미국 역사에서 한 사건을 선택해서 토머스 제퍼슨과 도를 넘은 지도자들의 대화를 글로 써보라.

677 스누파루snoofaroo는 어떻게 만들까?

678 〈스타트렉〉에 나오는 우주선 엔터프라이즈호를 타고
초고속으로 가고 싶은 장소 10곳을 써보라.
실제 존재하는 곳도 좋고 상상의 장소도 좋다.

679 풀문full moon 파티에 늦게 도착하였다.

역주: 태국 남부 섬 코팡안 해변에서 보름달이 뜨는 밤에 벌어지는 광란의 축제

680 택배로 로봇을 받았는데 설명서가 없다.
로봇 사용설명서를 작성해보라.

681 청소년 시절 부모님에게 간절히 부탁해본 적이 있는가? 이제 그 부탁을 어른이 된 지금 상태에서 다시 해본다 생각하고 글로 써보라.

682 매직 8볼이 당신에게 무슨 말을 하고 있는가?

역주: 매직 8볼은 결정을 잘 내리지 못할 때 흔들면 답을 보여 주는 검은 공 모양의 장난감

683 한밤중에 잠에서 깼다. 어떻게 해야 다시 잠을 청할 수 있을까?

684 글쓰기 수업에서 선생님이 자신보다 더 재능 있는 학생을 발견하고 걱정이 생겼다. 학생이 쓴 글을 선생님이 신랄하게 비판하는 장면을 묘사하라.

685 오늘 신문을 펼친 후 기사에 등장하는 한 사람을 선택하라. 그 사람이 아침식사를 하면서 자신이 나온 기사를 읽는 장면을 상상한 후, 그 사람의 시각으로 그 장면을 써보라.

686 사촌이 내 옛날 남자친구를 추수감사절 저녁식사에 초대하면, 다시는 그 사촌 집에 가지 않겠다고 맹세했다. 추수감사절이 되어 사촌 집에 갔더니 그 남자친구가 있다. 저녁식사 장면을 써보라.

687 헤라가 제우스에게 그가 집에 있지 않은 것에 대해 편지를 쓰고 있다.

688 어린 시절 당신에게 일어난 아주 극적인 사건을 우연히 지나가는 사람의 시점으로 묘사해보라.

689 할머니, 할아버지 중 한 분이 인디언이었다는 사실을 알게 되었다.

690 버스 운전사에게 그날의 마지막 승객이 이슬람교 코란을 건네준다. 버스 운전사의 표정은 어떠한가?

691 동물원에서 한 아이가 코뿔소 울타리 안으로 테니스공을 던졌다. 엄마 코뿔소가 그 공을 삼킨 뒤 나흘 동안 시름시름 앓다가 새끼 코뿔소만 남겨둔 채 죽어버렸다. 이 사건으로 온 나라 사람이 분개했다. 그 아이에 관한 이야기를 글로 써보라.

692 한 여자아이가 친구 집에 가서 자신의 가정과 친구의 가정을 비교하고 있다.

693 그 사람 혹은 그 사람과의 관계를 생각하면 항상
어떤 노래가 떠오르는가?

694 판결이 나오기 직전 법정의 긴장된 분위기를 묘사하라.

695 카풀을 하는 당신. 오늘은 당신이 운전을 하는 날이다.
갑자기 생판 모르는 사람이 당신의 차에 탔다.

696 당신의 이야기 속 인물은 누구의 동의를 얻으려고 하는가?

697 당신의 이야기 속 인물은 어떤 변화를 거부하는가?

698 국제 썰렁학회 위원으로 추대된 것을 수락하는 편지를 간결하게 작성하라.

699 앨버트 울슨은 미국 독립전쟁에 참전한
마지막 생존자로 1956년에 생을 마감했다.
그 사람이 처음으로 점보제트기를 타는 장면을 써보라.

700 개를 산책시키는 이웃, 집배원, 건널목 안전지킴이 등
매일 보는 사람 한 명을 생각하라. 그 사람이 당신을
보기 전까지 무엇을 하고 있었는지 구체적으로 써보라.

701 당신을 기분 나쁘게 하는 것에 대해 써보라.

702 당신을 지지하는 사람들은 당신의 사임을 인정하려 하지 않는다. 왜 사임하려는 것인가?

703 "바이올렛 피너랜의 아들에게 또 편지를 보냈다." 이 문장으로 시작하는 글을 써보라.

704 당신 옆집에 사는 3명의 여자를 보면『맥베스』에 나오는 마녀 3명이 생각난다. 왜 그럴까?

705 "우리 넷은 하나"라는 제목의 기사를 읽었다. 무슨 내용인가?

706 과자 한 봉지, 셔츠, 아이디어 등 친구에게 무언가를 훔쳤던 경험을 글로 써보라.

707 첫 키스를 했을 때 무슨 생각을 했는가?

708 아주 긴 잡지 기사를 읽은 후 각 단락을 짧은 표현으로 요약해보라.

709 당신이 첫 직장에서 한 일을 바탕으로 자신에 대한 업무평가서를 작성해보라.

710 인적이 드문 숲을 걸어가다가 강가에서 옛날 방식의 종교의식을 목격하게 되었다. 황급히 나무 뒤로 몸을 숨긴 당신은 그 광경을 지켜보고 있다. 종교 지도자가 사람들에게 뭐라고 말하고 있는가?

711 선조들이 원래 의도한 대로 헌법을 해석해야 할까? 아니면 변화하는 사회 환경에 맞게 해석해야 할까?

712 이것은 당신이 마지막으로 쓰는 글이다.

글쓰기는 인생과 마찬가지로
발견을 위한 항해다.

–헨리 밀러

질문을 쓴 작가들

세스 아모스
멜라니 기드온
제니스 뉴먼
마리 베카.
코니 해일
자라 누어바시
톰 바베시
레이첼 하워드
캐롤라인 폴
JD 벨트런
바네사 후아
수제인 패리
엘리자베스 번스타인
수잔 이토
브리짓 퀸
제니 비트너
자히어 잰모하메드
캐트린 라민
리자 보이드
제라드 존스
제이슨 로버츠
포 브론슨
홀리 존스
이덜 로한
모니카 캠벨
유카리 케인
로레인 샌더스
크리스 콜린
다이애나 캡
줄리아 시얼즈
몰리 콜린
리 크라비츠
라비니아 스팰딩
크리스 쿡
레이철 레빈
보니 추이
마이클 코렌
코니 로이조스
프레드 보겔스테인
린제이 크리텐덴
스테파니 로시
매건 워드
마크 디세나
킴벌리 로바토
이던 워터스
데이빗 던컨
캐서린 매
마우 쉐인 윈
로라 프레이저
로라 맥클루어
메튜 자프루더
알래스테어 지
커스틴 멘저
머리 제프
수지 거하드
루이스 네이어